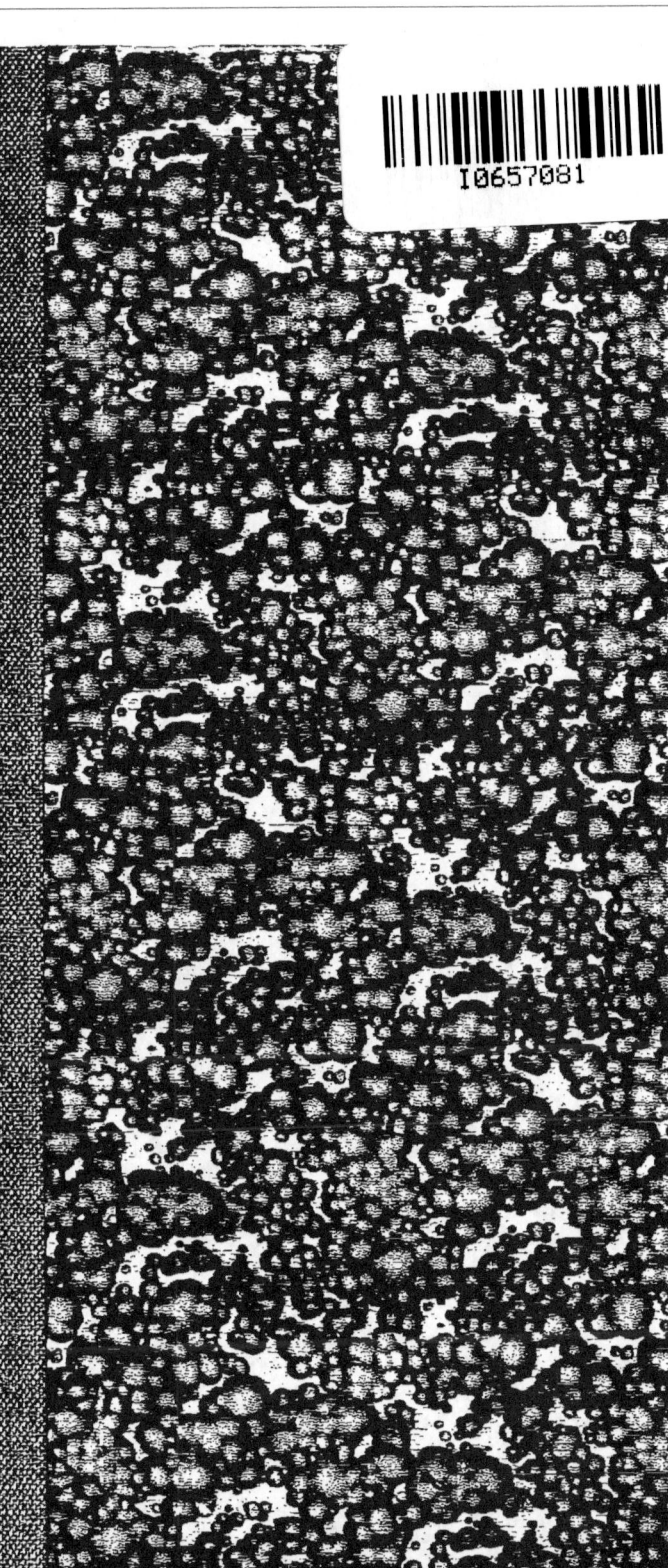

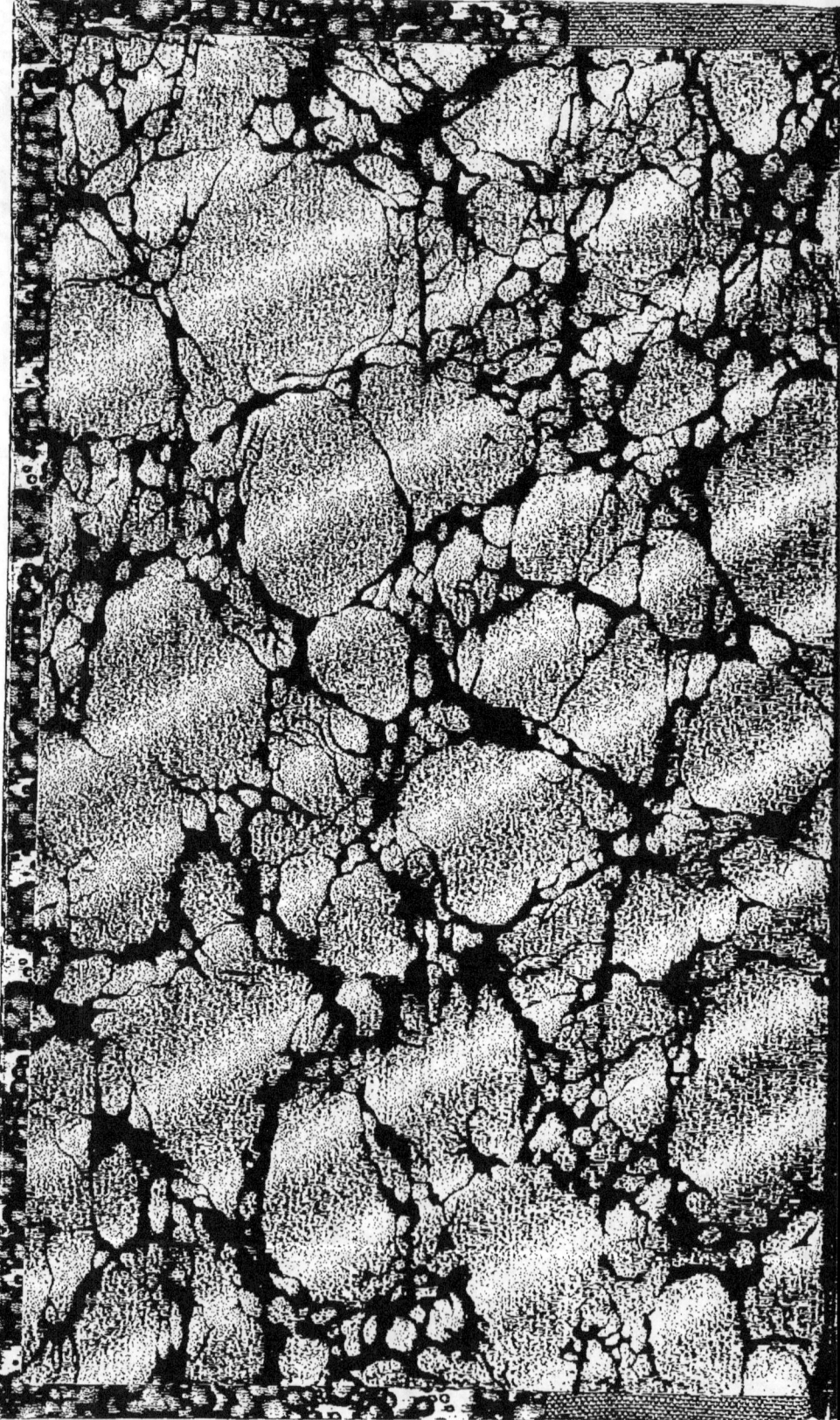

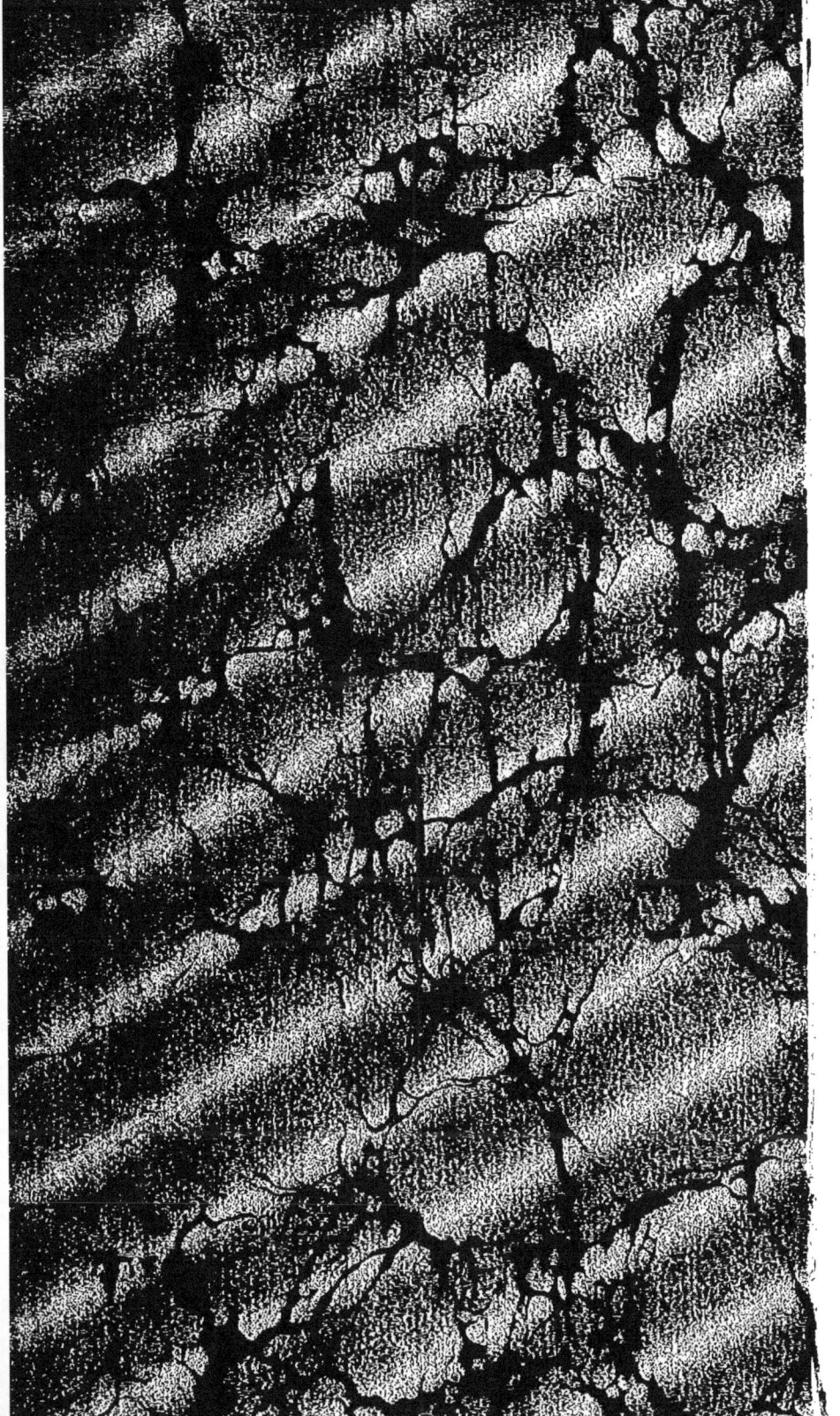

HENRI BOCAGE

LE

BEL ARMAND

PARIS

PAUL OLLENDORFF, ÉDITEUR

28 *bis*, rue de Richelieu.

1879

LE

BEL ARMAND

ÉVREUX, IMPRIMERIE DE CHARLES HÉRISSEY.

LE

BEL ARMAND

PAR

HENRI BOCAGE

PARIS

PAUL OLLENDORFF, ÉDITEUR

28 *bis*, rue de Richelieu.

1879

Tous droits réservés.

LE BEL ARMAND

LETTRE Ire

GASTON DU VILLARS A LÉON DE MONTI

Paris, 15 avril 1865.

Oui. C'est moi qui me marie. Qui veux-tu que ce soit ?

Est-ce qu'il y a deux Gaston du Villars à Paris ? Cependant je comprends ta stupéfaction. Ces demoiselles du tour du lac ne veulent pas y croire.

Lui ! Le beau Gaston ! Se marier ! C'est impossible ! C'est un meurtre ! Un suicide ! On n'enfouit pas un pareil trésor ! *J'en passe par*

1

modestie. Au reste voici le récit véridique de mon aventure.

Il y a de cela quinze jours ; c'était au commencement d'avril. On avait fait au cercle une forte partie, et Lucien... tu sais, le gros Lucien de Grandpré?... celui qui a tant de chance! Il venait de gagner mille louis pour le moins; moi, j'avais perdu... suivant mon habitude.

A deux heures, nous sortions ensemble. Lucien m'avait pris le bras, et, comme la nuit était tout étoilée, que la lune se pavanait bêtement de profil, il voulut me reconduire ; une fois chez moi, je voulus l'accompagner chez lui. Tu connais ça, nous nous sommes reconduits souvent durant six heures, lorsque tu faisais, comme moi, le métier de noctambule parisien.

De quoi parlions-nous? Ah! Lucien me détaillait les perfections de cette petite Emmeline, une charmante enfant qu'il protège et qu'il a trouvée dans je ne sais quel atelier de modistes.

Du reste ce gros garçon rendrait des points à Bische pour la découverte des étoiles !

Tout-à-coup, il s'arrêta et, brusquement, me dit :

— Tu n'aurais pas envie de te marier, toi?

Je le regardai fixement, croyant qu'il devenait fou et je me mis à rire.

— *Je parle sérieusement, ajouta-t-il. Je connais une jeune fille de dix-huit ans, très-jolie, bien élevée, cinq cent mille francs de dot...*

— *Et d'un placement difficile, interrompis-je.*

— *Pas le moins du monde. C'est ma fille.*

Sa fille ! Je ne trouvai pas un mot à répondre. Je dus faire une figure assez sotte. Mais, parole ! je ne savais pas qu'il était marié, et tout d'un coup il me parlait d'une héritière de dix-huit ans !

— *Eh bien ? me dit-il, rompant enfin ce silence plein d'embarras.*

— *Pourquoi pas ? répondis-je à tout hasard. Il faudra voir.*

Comme il était devant sa porte, je le quittai et rentrai chez moi.

Toute la nuit j'eus des rêves. Je me voyais marié, faisant sauter sur mes genoux des bébés frais et roses. J'étais maire de village et je couronnais des rosières... C'est singulier comme l'imagination travaille ! Je n'avais jamais pensé au mariage que comme à une fin invraisemblable et ridicule, et le mariaye m'apparaissait tout-à-coup sous un aspect des plus séduisants. Le plus drôle c'est que, tout éveillé, je continuai mon rêve, et que, prenant mon rôle au sérieux, je me surpris à essayer des attitudes graves et recueillies, ainsi que je l'avais vu faire à des gens qui s'apprêtaient à doubler le cap du célibat. J'ai eu beaucoup de succès... auprès de Jean, mon domestique.

A propos, il faut que tu me rendes un service. Puisque tu es dans le Cher en ce moment, tu dois connaître la propriété de Grandpré. C'est, paraît-il, à quatre kilomètres de Vierzon. Donne-moi donc quelques renseignements.

J'aurais encore bien des choses à te conter, la présentation d'abord, quelque chose de comique. Je devrais aussi croquer, pour toi, le portrait de ma future et celui de la belle-maman, mais un accès de paresse me fait tomber la plume des mains : la suite au prochain numéro.

Je me marie dans quinze jours. Tu es mon témoin, c'est entendu.

Ecris-moi et ne te moque pas trop de ton

GASTON.

LETTRE II

LÉON DE MONTI A GASTON DU VILLARS

Vierzon.

Si tu savais comme les bois sont beaux ! Les bourgeons commencent à se montrer ; les jeunes

*pousses pressées de prendre l'air les font éclater.
Les oiseaux reprennent leurs chansons, et il faut
les voir travailler aux nids qui doivent abriter
leurs amours. Tout s'égaie, tout s'anime. C'est la
nature endormie qui sort de son long sommeil, c'est
la vie qui s'épanouit. Moi j'adore le printemps et
l'automne, l'enfance et la maturité !*

*Mais j'épanche en pure perte dans ton sein le
trop-plein de poésie qui déborde de mon cœur. Toi,
le parisien pur sang, tu ne saurais comprendre ces
joies d'un campagnard ; elles sont pour toi lettres
closes. Je dépose donc mes pipeaux et je reviens à
la prose.*

*Tu fais une bonne affaire, mon cher Gaston.
M*lle*. de Grandpré est un parti superbe. Je
connais la propriété qu'ils ont ici, sur la fron-
tière de la Sologne, c'est immense et très-giboyeux.
Le grand-père a fait fortune à Aix, dans les
huiles; il se nommait Durand, tout bêtement. Mais
ton ami et beau-père, ayant acheté la propriété en
question, a jugé à propos de se décrasser en
empruntant le nom de Grandpré qui est celui de
la terre ; de plus, il a épousé une demoiselle de
Luçay, vieille famille tourangelle. Du côté de la
mère, il y a de la race. Je ne t'apprends rien sans
doute, et ces détails, je le suppose, t'importent peu,*

1.

car tu dois être enchanté de redorer tes deux mer-
lettes qui ont perdu leurs ailes au baccarat. Tu
frisais la ruine, et du coup tu reconquiers une
fortune ! Bravo !

Mes terres sont à quelques kilomètres de tes
futures possessions. Nous chasserons l'un chez
l'autre, nous ferons des excursions dans le pays,
qui est très-beau, et, si le cœur t'en dit, nous
flirterons avec les villageoises, qui sont assez appé-
tissantes, du moins c'est ce qu'affirme le bel Armand,
le fils de mon fermier.

Le bel Armand ! Voilà un curieux spécimen des
coqs de village ! Vous ne savez pas à Paris ce
qu'est un véritable don Juan. Vous faites des victimes qui ne demandent pas mieux que d'être
immolées et vous vous croyez un Lovelace parce que
quelques déclassées du monde se sont jetées de
bonne grâce dans vos filets.

Quand tu connaîtras mon Armand, tu pourras
comparer. C'est un vrai séducteur, celui-là. Il n'y
a pas, à cinq lieues à la ronde, une fille qu'il n'ait
séduite. J'en connais dix qu'il a plantées là...
après. Quant aux femmes mariées,... les mille et
trois de don Juan ne sont qu'une plaisanterie.
Figure-toi un gaillard solidement établi, à la barbe
touffue, aux lèvres épaisses et sensuelles, au regard

doucereux et pénétrant. Un je ne sais quoi de mâle et d'efféminé, de langoureux et d'implacable à la façon du fauve, est répandu sur toute sa personne. Sa peau bronzée, son cou de taureau, que, par coquetterie, il laisse découvert, ses mains noueuses, ses pieds énormes forment un ensemble qui ne te paraît avoir aucun rapport avec l'Apollon du Belvédère, et tu crois que je plaisante, en te disant qu'il est adoré du beau sexe de ce pays. Eh bien! marie-toi vite, viens passer ici ta lune de miel et tu verras si j'ai chargé ma palette de couleurs trop criardes.

Au fait, pourquoi diable est-ce que je te parle de ce bellâtre de village?

J'attends les détails que tu m'as promis et le portrait à la plume de Mlle Lucy de Grandpré, dont tu ne m'as encore pas dit un traître mot.

Je reçois toujours tes lettres avec grand plaisir; elles sont comme un écho de la grande ville qu'il m'a fallu quitter pour me mettre au vert.

Il va sans dire que j'accepte les graves fonctions que tu me destines dans le sacrifice qui se prépare.

A bientôt, pauvre victime!

LÉON.

LETTRE III

LUCY DE GRANDPRÉ A MARGUERITE VIALIN

Paris.

*Il vient de m'arriver une aventure extraordinaire :
ma mère m'a embrassée ce matin ! !*

*Je m'attendais si peu à cette caresse, que j'ai
soupçonné de suite qu'elle était la préface d'une
mauvaise nouvelle. Je me trompais, comme vous
allez le voir.*

*J'ai dix-huit ans, et vous savez comme j'ai peu
vécu dans le sein de ma famille. A six ans, à l'âge
où l'enfant commence à comprendre et à aimer,
on me mit en pension. C'est là que s'est écoulée
ma vie ; je n'en suis sortie qu'il y a deux mois,
emportant comme unique souvenir celui de votre
amitié.*

*Vous êtes pauvre, ma chère Marguerite, et du
moins votre réclusion comme sous-maîtresse a pour
excuse une nécessité de position. Moi, je n'étais
prisonnière que parce qu'il plaisait à mes parents
d'oublier autant que possible qu'ils avaient une
fille. Ma mère, aimant les plaisirs (elle les aime
encore), ne pouvait garder auprès d'elle une*

*enfant qui l'eût quelquefois retenue à la maison.
Elle était de toutes les fêtes ; mon père vivait de
son côté, dans les cercles et dans les écuries. Le
mieux était de m'éloigner, c'est ce que l'on fit.*

*Aussi, je puis le dire sans ingratitude, je n'aime
ni mon père, ni ma mère, et je crois qu'il n'y a pas
de ma faute, car les parents n'ont qu'à le vouloir
pour être adorés de leurs enfants.*

*Au reste, ni l'un ni l'autre ne paraissent tenir
beaucoup à mon affection.*

. . . .

Je reviens au baiser de ce matin.

*J'étais chez moi, lorsque la femme de chambre
de ma mère vint me prévenir que Mme de Grandpré
me demandait. Je m'empressai de me rendre à
cette invitation.*

*Lorsque j'entrai chez ma mère, elle se leva vive-
ment et, me prenant le visage entre ses mains, elle
me donna sur chaque joue un baiser sonore.*

Je la regardai ébahie.

*— Assieds-toi, Lucy, me dit-elle ; j'ai une grosse
nouvelle à t'annoncer. Tu vas te marier.*

— Me marier ! répétai-je comme un écho.

*— Oui ! Un ami de ton père, le vicomte Gaston
du Villars, a demandé ta main. Comme il réunit
toutes les conditions de fortune et de naissance,*

nous l'avons accepté, et ce soir tu verras ton futur.

Je ne répondis rien. Un ami de mon père! Cela éveillait en moi une tristesse que je traduisis par un torrent de larmes.

— Eh bien! s'écria ma mère, qu'as-tu? Tu pleures! Mais tu es folle; tu seras très-heureuse ... tu ne dis rien? Voyons, tu n'aimes personne?

— Non, ma mère, fis-je, en continuant mes sanglots.

— Tu ne veux pas rester fille, je suppose? Allons, Lucy, sois raisonnable, remonte chez toi et fais-toi belle, car il s'agit de plaire au vicomte. Surtout essuie tes yeux.

J'obéis et me retirai le cœur gros.

— Un ami de mon père, pensai-je, quelque veuf, un vieillard... Mon père a quarante-cinq ans, c'est un bel homme, aux allures jeunes, à la tournure élégante, mis à la dernière mode et très-spirituel. Il paraît, à ce que m'assure Pauline, ma femme de chambre, qu'il est fort recherché et très-empressé auprès des dames. Je rends justice à mon père, il est encore très-bien, mais ce n'est pas l'idéal que je rêvais comme mari.

Je vous vois sourire, ma chère Marguerite. Vous vous souvenez des rêves que je vous contais naïvement et que vous traitiez de folies. Vous vous retracez le beau jeune homme qui m'apparaissait comme un gracieux fantôme, avec son regard profond, sa fine moustache brune, ses grands cheveux bouclés, et qui murmurait pendant mon sommeil, dans une langue inconnue, des mots dont je cherchais vainement à me souvenir au réveil.

A ces confidences que, la voix tremblante d'émotion, je vous faisais, en me promenant avec vous dans le jardin de la pension, vous opposiez votre froide raison.

— Voilà, me disiez-vous, le portrait d'Antony ; la lecture des romans (que, soit dit en passant, nous lisions toutes deux en cachette) vous a troublé la tête. La mode est passée de ces amants rêveurs, et le monde a créé un autre genre de beauté. Ce qu'on appelle un joli garçon, ajoutiez-vous, en souriant, c'est maintenant un Monsieur à la voix fatiguée, au regard atone, qui porte un morceau de verre incrusté dans l'œil ; les cheveux bouclés sont remplacés par quelques mèches vagabondes qui clair-sèment un crâne poli. L'idéal du jour est emprisonné dans un col empesé, il traîne les pieds en marchant, ne sourit plus, il a cent ans ! Il a jeté aux orties son enveloppe de poète ; le jargon qu'il parle est emprunté aux coulisses de la Bourse, du théâtre et des écuries. Il ne croit plus à rien, à l'amour moins qu'à toute autre chose. Pour lui, le mariage est une affaire et la jeune fille, le complément inévitable d'une dot ; le meilleur mari ne saurait sans se couvrir de ridicule être amoureux de sa femme.

Je pensais à toutes ces choses en m'habillant consciencieusement pour le dîner.

Je ne suis pas coquette et cependant, je ne sais pourquoi, je tenais à être belle.

— Il ne faut pas, me disais-je, donner trop mauvaise opinion de moi à ce vicomte du Villars.

Bien décidée à le refuser, je voulais au moins lui laisser quelque regret.

Il y avait trois personnes dans la salle à manger lorsque j'y descendis, ma mère, mon père et un Monsieur que je m'empressai de ne pas regarder.

Mon père me prit par la main et me dit :

— Lucy ! je te présente mon ami, Gaston du Villars.

Je fus bien forcée de lever les yeux. Jugez de ma surprise... j'étais devant mon idéal !

Celui que je voyais en rêve... c'était lui !

Cela me dispense, n'est-ce pas, de vous en faire le portrait, et vous le connaissez maintenant aussi bien que moi ?

Je l'aimais depuis si longtemps que lorsqu'en nous quittant, le soir, il me dit : — Me permettez-vous, Mademoiselle, de demander votre main? — je lui tendis la mienne en murmurant un oui bien distinct.

Dans quinze jours, je serai vicomtesse du Villars. J'espère, ma chère Marguerite, vous avoir auprès de moi ; vous prendrez un congé, n'est-ce pas, pour assister dans ce terrible moment, votre

LUCY.

LETTRE IV

GASTON DU VILLARS A LÉON DE MONTI

Mon cher ami, ma fiancée est folle de moi.

Je te dénonce ce phénomène sans chercher à l'expliquer. Tu vois que je n'y mets pas de fatuité. Comment cela s'est-il fait? Je l'ignore.

Ce qui est sûr, c'est que cela m'est très-agréable, car c'est la première fois qu'il m'arrive de faire battre un cœur de vraie jeune fille.

Jusqu'à présent je n'ai adressé mes hommages qu'à des femmes qui m'ont grugé. A ce jeu-là et à

celui du baccarat, j'ai mangé ma fortune. Je ne la
regrette pas et cependant je m'aperçois que j'ai
fait une bêtise en attendant si longtemps, et vrai!
si je pouvais, je deviendrais amoureux de Lucy. J'y
fais mon possible, mais je crois qu'il me manque
quelque chose. Ses aveux naïfs me chatouillent
l'amour-propre, mais je n'éprouve pas ce sentiment
envahisseur, détestable et charmant, que j'ai ressenti
pour la grande Josépha, — tu te la rappelles? —
une rousse magnifique, avec des yeux à fleur de
peau... qui a ruiné le comte de Cerny et le petit
Valadon, de la Bourse. Dam! c'est moi qui l'avais
lancée, et je crois que c'est elle qui m'a usé le cœur.

Pour en revenir à Lucy de Grandpré, dont tu
réclames le portrait, c'est une charmante enfant,
brune, avec des yeux noirs, grande, fière et très-
femme déjà, — physiquement s'entend, car pour le
reste, d'une ignorance étourdissante. Elle vous fait
de ces questions auxquelles on ne peut répondre
lorsqu'on va donner son nom à celle qui vous les
adresse.

Ma fiancée m'a avoué qu'elle m'aimait depuis
un temps infini... sans me connaître. Il paraît
que j'avais pris la déplorable habitude de lui
apparaître pendant son sommeil, et c'est inouï ce
que je lui ai dit de choses sans le savoir.

J'écoutai tout cela le plus sérieusement du monde, et je lui ai même affirmé sous la foi du serment que je la reconnaissais positivement pour l'avoir rencontrée dans le bleu.

Tu comprends que je capitonnai mes défauts et que je me posai comme un petit Saint-Jean. Nous parlions de la lune, des étoiles, de la prédestination, du bon Dieu, des petits oiseaux et des fleurs.

J'avais fort à propos rafraîchi ma mémoire de quelques phrases toutes faites, dont je ménageai parcimonieusement l'approvisionnement.

Je passai ainsi des heures ravissantes, mais il ne fallait pas que cela se prolongeât indéfiniment, aussi ai-je vu arriver avec reconnaissance une amie de pension de Lucy, Mlle Vialin, actuellement sous-maîtresse à la pension où elles ont été élevées. Je lui aurais sauté au cou, et je t'assure qu'elle vaut un baiser. C'est une très-belle créature. Ses cheveux sont blonds tirant sur le rouge, sa peau est satinée, elle a des yeux qui vous regardent jusqu'au fond et qui vous remuent... Toi qui es riche, et qui peux te payer le luxe d'une fille sans dot, tu devrais l'épouser. Elle adore ma future femme, et Lucy l'adore. Quelles délicieuses parties carrées!

Je fais de la propagande matrimoniale. Que dis-tu de mon projet?

C'est le quinze du présent mois de mai que je prononce le oui fatal. Je vois arriver l'échéance sans trop d'appréhension. Il est temps de boucler ta malle et de venir, car tu es mon témoin, ne l'oublie pas.

Tu n'es pas superstitieux, toi ? Figure-toi que, depuis que je vais me marier, je gagne tous les soirs au cercle ! Un Romain rentrerait chez lui.

Ton
GASTON.

LETTRE DE FAIRE PART

M. . . . .

Monsieur et Madame de Grandpré ont l'honneur de vous faire part du mariage de Mademoiselle Lucy de Grandpré, leur fille, avec Monsieur le vicomte Gaston du Villars,

Et vous prient d'assister à la bénédiction nuptiale qui leur sera donnée en l'église de la Madeleine, à une heure précise, le 15 mai courant.

2.

PREMIÈRE PARTIE

I

Le lendemain de leur mariage, Gaston et Lucy partirent pour Grandpré.

Tandis que, confortablement installés dans un wagon de première classe, ils se dirigent à toute vapeur vers leur domaine, nous allons entreprendre un petit voyage de circum-navigation autour du nouvel époux.

Gaston était un parisien pur sang. Son père lui avait laissé une quarantaine de mille livres de rente qu'il sema bêtement du boulevard des Italiens au lac du bois de Boulogne.

Il se levait à deux heures, déjeunait, allait au bois, puis au cercle; il dînait, retournait au cercle, perdait quelques billets de mille francs, se couchait à quatre heures du matin et se relevait pour recommencer cette jolie existence.

A trente ans, Gaston du Villars était ruiné, incapable de gagner cent francs par mois, et c'est alors que Lucien de Grandpré tendit la main à cette épave de la vie de Paris qui allait culbuter dans le fossé.

Mme de Grandpré, qui s'approchait vivement de la quarantaine, venait de s'apercevoir qu'une grande fille de dix-huit ans, adorablement belle, subitement implantée dans son existence toute de plaisirs, allait être un témoin importun et peut-être une rivale. Mme de Grandpré, beauté replète, conservée dans un égoïsme à haute dose, ne pouvait abdiquer encore et se résigner au rôle de matrone.

Une enfant rajeunit une mère dont elle est le reflet charmant, mais une fille bonne à marier n'a rien de séduisant pour une femme qui s'est inscrite en faux contre son acte de naissance. Dans un de ces rares moments qui rapprochaient les deux époux, Madame parla de la nécessité de trouver au plus vite un mari pour Lucy, et les raisons qu'elle fit valoir parurent concluantes à M. de Grandpré, auquel les grands yeux étonnés de sa fille causaient parfois une gêne singulière.

Il connaissait de longue date Gaston du Villars; la pensée lui vint d'en faire son gendre, et ce projet, né du hasard, devint en peu de temps un fait accompli.

. . . .

Lorsqu'il se trouva transplanté seul avec Lucy au milieu d'une campagne, avec des paysans et des fermiers, Gaston fut tout-à-fait dépaysé. Il avait des surprises extraordinaires; — la nature était pour lui une énigme qu'il essayait vainement de déchiffrer.

Lucy, qui l'adorait, fut heureuse d'être son professeur. Beaucoup plus instruite que son mari, elle se plaisait à lui traduire les hiéroglyphes de la vie végétative; il ouvrait de grands yeux, vexé de ne pas comprendre ce que cette petite fille lisait à livre ouvert. Loin de l'admirer et de sentir son cœur s'épanouir, il la trouvait pédante, et cette supériorité de sa femme l'amoindrissait à ses propres yeux. Tant qu'il put lui enseigner les choses qu'elle ignorait, tout alla bien, mais lorsqu'il eut satisfait

les curiosités de la jeune fille et qu'il descendit
à son tour au rôle d'élève, il s'ennuya, et, se
disant qu'en somme il n'avait pas besoin de
savoir comment poussait le blé pour manger du
pain, il coupa court aux gentilles leçons que lui
donnait Lucy.

Celle-ci, fermement convaincue qu'elle avait
rencontré son idéal, ne pouvait se rassasier du
bonheur de l'avoir à ses côtés. Lorsqu'il s'en-
nuyait dans un coin, ne pensant à rien, laissant
errer au hasard ses yeux abrités sous de grands
cils qui jetaient une ombre pleine de profondeur
dans son regard, elle y lisait des pensées qui n'y
logeaient certes pas, découvrant des abîmes
creusés dans sa propre imagination.

Ce maître qu'elle s'était donné, elle l'entourait d'une adoration constante, et son amour
jetait un voile sur le vide de cette intelligence
atrophiée.

Les moindres mots qui tombaient de ses
lèvres avaient un sens mystérieux qu'elle
croyait deviner.

Cet homme si beau, si grand, pouvait-elle
espérer d'être son premier amour? Non, il avait
dû semer bien des victimes sur sa route.

Un sentiment de fierté lui faisait battre le

cœur, en pensant que ce terrible don Juan lui
appartenait et qu'elle saurait le défendre contre
ses souvenirs. Comme c'est le propre de la nature humaine d'abriter derrière un noble sentiment une pensée mauvaise, derrière l'amour il y
a toujours l'égoïsme, et Lucy, qui se croyait
absolue maîtresse du cœur de Gaston, caressait
cet espoir que bien des femmes devaient lui
envier son bonheur. Ce lion redoutable, maintenant enchaîné, les dents limées, les griffes
coupées, elle le tenait là, pantelant, asservi, à
ses pieds.

Notre roi des forêts, aux prises avec la nos-
talgie, poussait des rugissements d'ennui. Pour
se distraire, il avait essayé de dépraver sa
femme, mais celle-ci, qui entourait son amour
d'une auréole de poésie, ne comprenait rien aux
horizons grossiers que Gaston tentait de lui
montrer. La naïveté de Lucy opposait une infran-
chissable barrière aux demi-mots qu'il n'osait
souligner.

Repoussé de ce côté, il ne renouvela plus ses
tentatives, mais ses essais malheureux le con-
vainquirent que sa femme lui était inférieure,
et, renonçant dès lors à réveiller une intelligence
qu'il jugeait médiocre, il se laissa vivre, atten-

dant impatiemment une occasion qui lui permît de secouer son engourdissement.

Deux mois s'écoulèrent ainsi, et nos jeunes époux, s'étant étudiés consciencieusement, croyaient se connaître. Lucy regardait Gaston comme un être exceptionnel que, par une faveur du ciel, il lui avait été donné de posséder; c'était l'âme jumelle de son âme. Quant à Gaston, il regardait sa femme comme une serinette en qui l'on avait fait infuser une dose anodine de quelques sciences pratiques, instrument assez artistiquement monté, mais qui, une fois arrivé au bout de son rouleau, devenait bon à allumer le feu.

On avait laissé les deux jeunes gens seuls pendant deux mois; les parents et les amis avaient poussé la discrétion jusqu'à ne pas écrire de lettres, échos de la vie mondaine, qui auraient pu distraire les deux amants de ce qu'on est convenu d'appeler la *lune de miel*.

Il y aurait une curieuse étude à faire sur l'étymologie de cette expression consacrée. Nous ne pouvons nous empêcher d'y voir une ironique intention.

Si l'on a choisi le miel comme terme de comparaison avec les extases de deux époux effeuil-

lant les premières roses de l'hymen, c'est sans
doute avec l'intention d'indiquer qu'on ne saurait faire longtemps, du suc que les abeilles
tirent des fleurs et des plantes, son unique régal,
sans que bientôt le dégoût monte aux lèvres.

Il en est du miel comme des plus douces
choses, on s'en lasse, et le palais réclame im-
périeusement un condiment plus relevé.

La lune rousse est donc, à notre sens, le cor-
rectif nécessaire et bienfaisant qui, en troublant
le breuvage, y mêle une saveur piquante.

. . . .

Par une belle matinée du mois de juillet, un
cavalier heurtait à la grille du château de
Grandpré.

Un domestique vint à la rencontre du visiteur, qui, après avoir demandé si M. Gaston du
Villars était visible, descendit de cheval sur la
réponse affirmative.

— Monsieur veut-il attendre au jardin ou
venir jusqu'au château ?

— J'attendrai au jardin ; dites à Gaston que
M. Léon de Monti est là.

Léon de Monti a trente ans, il est grand et
robuste, son visage encadré d'une barbe noire
est intelligent, sa poitrine est large et saillante,

3

c'est en un mot le type accompli du gentilhomme campagnard. Élevé à Louis-le-Grand
avec Gaston, au sortir du collège, il a essayé
de la vie de Paris, mais il s'en est dégoûté
vite.

Sa nature puissante exigeait une dépense
d'activité qu'il ne trouvait pas à satisfaire dans
le milieu d'oisiveté où sa fortune le plaçait.
Il quitta sans regrets la ville des plaisirs et
se retira dans ses propriétés, vaste domaine
situé, nous l'avons dit, à quelques kilomètres de
Grandpré.

Là, respirant à pleins poumons l'air libre des
champs, il s'adonna tout entier à la vie de
gentleman farmer, et comme il n'est pas de métier qui occupe plus que celui-là, il trouva pour
ses instincts d'activité un débouché facile.

Il avait servi de témoin à Gaston le jour de
son mariage et, en le mettant au chemin de fer,
il lui avait dit :

— Dans deux mois, j'irai te surprendre.

Il tenait parole.

Gaston s'avançait à grands pas. Léon vint à
sa rencontre et les deux amis s'embrassèrent
cordialement. Après quoi Léon, se reculant, exa-
mina attentivement son ami.

— Eh bien! fit le mari de Lucy, qu'en dis-tu? Le mariage m'a-t-il changé?

— Oui, répondit Léon, tu as une belle mine, tu engraisses.

— Voilà ce que je craignais, murmura Gaston, en poussant un immense soupir. Je comprends tout maintenant. Le secret de la nature se dévoile à mes yeux. Je pourrais comme toi, dès aujourd'hui, me livrer à l'élevage des ruminants. Voilà le mot, mon ami, je rumine!

Léon partit d'un éclat de rire.

— Tais-toi, imprudent. Arrête cette gaieté intempestive, interrompit Gaston. Les jardins de cette propriété n'y sont point habitués, et les arbres te regardent avec étonnement. On ne rit pas ici, ajouta-t-il mystérieusement, on engraisse, mon pauvre ami.

— Je ne comprends pas très-bien, dit de Monti. Tu viens de faire un mariage inespéré qui t'a sauvé du naufrage, tu possèdes une femme adorable que tu tiens seule depuis deux mois; tu as pu la façonner, la pétrir suivant tes goûts, en faire une compagne charmante, et tu ne me parais pas heureux! Je te le répète, je n'y comprends rien.

— C'est bien simple pourtant, répondit piteusement Gaston; j'ai horreur de la botanique.

— Plaît-il? Ta femme.....

— Elle sait comment poussent les plantes, elle connaît l'époque des semailles, de la moisson..... la greffe n'a pas de mystère pour elle!

— Eh bien! quel grand mal vois-tu à cela?

— Ce n'est rien encore! Elle sait mettre l'orthographe, parle plusieurs langues, est d'une force remarquable sur les mathématiques, pourrait te faire un cours d'histoire, dont toutes les dates sont gravées dans son cerveau; je ne parle pas du latin, elle n'ose pas l'avouer, mais elle doit le savoir. Ah! mon ami, je suis bien à plaindre!

— Est-ce que cela l'empêche de t'aimer?

— Au contraire, elle m'adore! je crois même que cela augmente tous les jours.

— Alors.....?

— Mais c'est toujours la même chose, mon ami. Je passe à l'état de magot chinois, de Bouddha de l'Inde, je m'ossifie, je m'ankylose, j'en arrive à envier le sort de ces maris célèbres dont je plaignais les infortunes.

— Tu te plains d'être adoré!

— J'en meurs, mon ami. Je me promène sur un lac dont pas un souffle d'air ne vient rider

la surface ; je glisse sur une nappe d'huile, sans
espoir d'atteindre la rive..... Autour de moi,
le silence de l'extase ; à mes pieds, l'encens qui
brûle. Si je lève les yeux, je rencontre ceux de
Mme. du Villars qui plongent dans les miens
comme pour y déchiffrer une page de sanscrit,
sur ses lèvres, je vois errer le même sourire, —
j'entends la même voix humble, soumise, caressante, exprimant la même pensée : Gaston, je
vous admire ! Gaston, je vous adore ! Ah ! mon
ami, c'est à devenir fou !.....

— Ton cas est grave, répondit en souriant de
Monti, mais il y a de l'espoir.

Lucy, apprenant qu'un étranger venait pour
la première fois de franchir le seuil de leur
retraite, s'avançait à la rencontre des deux
jeunes gens dont la conversation fut forcément
interrompue.

Léon, qui ne l'avait vue que peu de temps, au
moment de son mariage, fut ébloui de la beauté
et de la grâce de la châtelaine.

Désireux de se rendre compte de ce que venait
de lui confier Gaston, il essaya plusieurs fois de
la mettre sur un terrain qui lui permît de montrer ses connaissances, mais, avec une grande
présence d'esprit, Lucy, après une courte réponse,

3.

replaçait la conversation sur une pente plus gaie, plus en rapport avec les goûts qu'elle supposait à son hôte.

— Décidément, se dit Léon, Gaston est un imbécile. Il a épousé une perle dont il ne soupçonne pas la valeur. Si jamais je me mariais, c'est une femme comme celle-ci qu'il me faudrait rencontrer.

II

Tendez une perche à l'homme qui se noie, il s'y accrochera de toutes ses forces et, lorsque vous l'aurez ramené sur la berge, il sera bien difficile de lui faire lâcher prise.

Léon de Monti, venant rompre à l'improviste la monotonie de l'existence de Gaston, fut reçu par celui-ci comme un sauveur.

Notre jeune mari, qu'un bonheur sans nuage rendait triste et maussade, retrouva toute sa gaieté dès qu'il y eut un tiers entre lui et l'ennui. Lucy lui sembla charmante; tous les défauts de ses qualités s'effacèrent à ses yeux; cet amour que la présence d'un étranger voilait comme d'une ombre discrète perdit ce caractère absorbant qui le lui rendait insupportable. Les demi-mots,

les sourires et les regards furtifs, qui s'étei-
gnaient soudain pour échapper à l'attention de
leur hôte, acquirent comme un regain de nouveauté et d'imprévu.

Il trouvait un charme piquant à ce jeu de
l'amour et du mystère, et se croyait en bonne
fortune. Lorsque, deux jours après, il interrogea
Léon et que celui-ci s'extasia sur les charmantes
qualités de Lucy, Gaston sourit avec orgueil et,
se plaisant à retourner les questions, il offrit
à l'admiration de son ami un thème variable à
l'infini. La jeune femme était un diamant dont
il faisait miroiter les facettes. Sa toilette était
un poème, sa coiffure, un chef-d'œuvre de goût;
il poussait le coude à Léon pour lui faire jeter
un regard de connaisseur sur la petitesse et l'élé-
gance d'un pied qui se montrait par mégarde.
La souplesse de sa taille, la richesse des contours, la pureté de l'ovale de son visage, la
douceur et la fierté de ses yeux, la finesse aristocratique de ses mains, tout cela était souligné,
désigné à la louange du visiteur avec l'amour-
propre du propriétaire faisant les honneurs d'une
galerie d'objets d'art. Lucy, dont la gaieté com-
municative s'épanchait sans contrainte, laissait-
elle échapper une répartie un peu vive ? Gaston

lançait un regard qui semblait dire : a-t-elle de
l'esprit !

Peu s'en fallut qu'il ne devînt réellement
amoureux de sa femme. Mais, quand il eut épuisé
toutes les formules laudatives, sa nature étroite
et égoïste, reprenant le dessus, ne lui permit pas
une excursion plus longue hors de l'amour de
sa propre personne ; il revint bientôt à son
indifférence première.

Léon s'aperçut que l'accès d'enthousiasme de
Gaston n'avait eu que la durée d'un feu de joie.

— Tu m'agaces, avec ton sang-froid, lui dit-il,
un jour. Lucy est la plus aimable, la plus jolie des
femmes, et tu poses devant elle comme si, étant le
Grand-Turc, tu avais daigné lui jeter le mou-
choir. Mais, insensé ! elle vaut dix fois mieux
que toi !

— C'est possible, répondit Gaston ; je crois
même que tu as raison. C'est peut-être pour
cela que je ne puis l'aimer. J'abuse de mon
infériorité. Elle m'est supérieure, je te l'accorde,
mais elle m'aime et moi je ne l'aime pas. Voilà
pourquoi je suis le plus fort.

En cela Gaston disait vrai. Ce garçon, qui
n'avait jamais lu dans le cœur humain pas plus
que dans tout autre livre, avait compris d'ins-

tinct que l'amour n'a de chance de durée qu'autant qu'il n'est pas partagé. La satisfaction amène le dégoût et l'indifférence; l'amour, qui est un genre d'hypertrophie, ne s'alimente que par la crainte de perdre celui qui en est l'objet.

Certes Gaston n'avait fait aucune de ces réflexions. Il restait calme devant Lucy parce qu'elle lui en imposait. L'homme a un besoin incessant de domination; il élève volontiers une femme jusqu'à lui, mais il consent difficilement à s'amoindrir en avouant son indignité. Une femme habile et pervertie eût su se faire adorer; comprenant le rôle qu'elle devait jouer, elle se fût placée au niveau terre-à-terre au-dessus duquel le regard de Gaston ne pouvait planer. Mais, trop candide et trop franche, Lucy ne songeait pas à mettre un masque à son naïf amour; elle se montrait à son mari telle que Dieu l'avait faite, et cette loyauté manquait du stimulant nécessaire à cet être doué de plus de sens que de délicatesse.

. . . .

. . . .

Malgré les instances de Gaston qui redoutait un nouveau tête-à-tête avec sa femme, Léon de Monti quitta les jeunes époux au bout de quelques jours.

* Mais, dès le lendemain, une calèche franchissant les portes du château s'arrêtait devant le perron. M. Lucien de Grandpré et Mme de Grandpré, née de Luçay, en descendirent.

Gaston s'empara de son beau-père pendant que Mme de Grandpré entrait au château avec sa fille.

Lucy n'était pas fâchée de se montrer femme à cette mère qu'elle connaissait si peu et qui la connaissait moins encore.

. . . .

Mme Adrienne de Grandpré est de bonne famille, les de Luçay datent de Henri III. Leur noblesse est aussi indiscutable que l'était leur pauvreté. D'une fortune assez considérable, il ne leur restait qu'une maigre rente de trois mille francs avec laquelle ils prétendaient faire figure dans leur petite ville, lorsqu'un parti inespéré se présenta dans la personne de M. Lucien Durand.

On accueillit avec joie ce prétendant à la main de la noble fille, mais, la veille de la consécration du mariage, M. et Mme de Luçay tinrent à leur fille un discours qui peut se résumer en ces quelques mots :

— Mon enfant, une nécessité de fortune nous a seule déterminés à consentir à une mésalliance. N'oublie jamais que le sieur Durand, fabricant d'huile à Aix, est indigne de toi !

— Je le savais, répondit Adrienne, et je n'aurai garde de l'oublier.

Mais comme Mlle de Luçay était une jeune personne remplie de bon sens, elle avait compris que la fortune de son futur, bien que gagnée dans les huiles, pouvait remplacer avec avantage les ancêtres qui lui faisaient défaut. Seulement elle tint à constater, afin de s'en prévaloir au besoin dans l'avenir, l'acte de condescendance qu'elle accomplissait.

Lucien Durand, *de Grandpré* de par ses titres de propriété, était un bon gros garçon, très-épris du grand air et de la jolie figure de sa fiancée, et surtout très-fier d'une alliance qui, en le décrassant tout-à-fait, allait lui permettre de faire souche de gentilshommes. Aussi approuva-t-il toutes les conditions qui lui furent imposées et s'inclina-t-il volontiers devant les quartiers de noblesse de Mme de Grandpré, née de Luçay.

Il essaya de se concilier les bonnes grâces de sa femme en adoptant pour système une condescendance de parti pris. De rares discussions

s'élevaient entre eux : à la moindre velléité
de résistance à l'un de ses caprices, Madame
mettant en avant la mésalliance qu'elle regrettait, le sacrifice qu'elle avait accompli, Monsieur, tout penaud, échappait par la fuite à
l'avalanche de reproches dont elle le terrassait.

Adrienne de Luçay avait eu quelque succès
dans le monde, et nous entendons par le monde
un cercle assez restreint. On continua après son
mariage de l'admettre dans certaines vieilles
familles qui donnaient le ton. Quant à son mari,
on l'invita trois ou quatre fois par égard pour
les de Luçay. Mais Madame lui fit comprendre
toute l'étendue de la bienveillance dont il était
l'objet, lui faisant entendre que le meilleur
moyen de s'en montrer digne était de trouver
des prétextes pour ne pas accepter les invita-
tions, qu'on lui saurait gré de se tenir à l'écart
de salons où il faisait tache. Lucien, qui s'en-
nuyait à périr dans ce milieu guindé où il avait
à subir des questions ironiques sur le cours des
huiles et autres plaisanteries de haut goût, saisit
avec empressement l'occasion de laisser Mme de
Grandpré s'ennuyer toute seule dans les salons
de l'aristocratie, et il chercha des distractions
plus en rapport avec ses aspirations.

Il s'était fait recevoir du « petit cercle » et menait la vie des jeunes gens oisifs. Oubliant qu'il était marié, passant pour garçon aux yeux de ses amis, Lucien vécut dès lors d'une existence indépendante.

Un événement vint resserrer un instant ces liens volontairement rompus : la naissance de Lucy. M. de Grandpré, qui souffrait sans se l'avouer à lui-même de la vie inutile qu'il avait adoptée, sentit battre en lui un cœur de père. Il se prit d'une passion folle pour ce petit être, et manifesta la volonté de le garder chez lui.

Qui sait ce qui en eût résulté, et si ce trait-d'union n'eût pas rapproché pour toujours ces époux indifférents l'un à l'autre ? Mais ce projet, caressé par le père, rencontra chez la mère une opposition inébranlable. Habitué à la soumission, Lucien n'eut pas le courage de parler en maître, devant les sarcasmes que lui valut sa tendresse bourgeoise.

— Si M. Durand eût vécu dans le grand monde, lui disait aigrement sa douce moitié, il saurait que rien n'est de plus mauvais goût que d'élever chez soi ses enfants.

Leur position les obligeait à se conformer aux usages, et ces usages exigeaient qu'une mercenaire fût chargée de l'allaitement de leur fille.

M. de Grandpré, avec un déchirement de cœur
qu'il n'osa laisser deviner, céda cette fois encore
et dut se séparer de sa fille. La chère petite fut
oubliée en nourrice jusqu'à l'âge de six ans,
après quoi un aristocratique pensionnat reçut
l'héritière de Grandpré.

Dans les premiers temps, pour faire acte
d'autorité, Lucien allait chaque semaine embrasser la petite exilée, puis ses visites devinrent de
plus en plus rares. Ce bon sentiment s'étiola
faute d'encouragement; cessant d'y trouver une
source de joie, il se railla lui-même d'une faiblesse ridicule et finit par oublier qu'il était
père.

Lorsque Lucy sortit de pension, M. de
Grandpré fut plus étonné que charmé du retour
de cette fille pour laquelle il n'était qu'un étranger, et, lorsque sa femme parla de l'opportunité
de marier Lucy, il la jeta dans les bras du
premier venu.

Certes, il pouvait plus mal choisir: Gaston du
Villars était ce qu'on appelle un bon garçon,
beau joueur et perdant les derniers débris de sa
fortune avec une insouciance qui ne manquait
pas de grandeur.

Élégant, d'une santé de fer, d'un caractère
égal et facile, avec une réputation de générosité
bien établie chez l'un et l'autre sexe du monde
où l'on s'amuse, Gaston était à tout prendre un
joyeux compagnon.

Ces qualités d'homme aimable devaient-elles
suffire aux yeux d'un père, pour qu'il confiât sans
plus ample informé le bonheur de sa fille au
vicomte du Villars ? M. de Grandpré n'y pensa
pas ; il se dit qu'il lui serait très-agréable d'appeler : mon gendre ! un vicomte qu'il tutoyait et
avec lequel il vivait dans une communauté de
plaisirs.

. . . .

Après une séparation de deux mois, les deux
amis se retrouvaient ensemble. Nous les suivrons
dans la salle de billard où Gaston vient d'entraîner M. de Grandpré.

— Ah çà, dit du Villars, il y a une éternité
que nous ne nous sommes vus !

— Deux mois entiers, mon cher !

— Que de questions à te faire, mon bon !

— Si tu m'appelais beau-père ? fit M. de
Grandpré avec un sérieux comique.

— Si ça t'amuse, j'essaierai, répondit Gaston
sur le même ton ; seulement je te préviens qu'il

me sera impossible de ne pas te rire au nez
chaque fois que je te donnerai ce titre patriarcal.

— Alors n'en parlons plus.

— Que devient-on là-bas ? Joue-t-on toujours
avec le même acharnement ? Avons-nous de
nouveaux venus au cercle ? Et ces demoiselles ?
... La petite *Fleur-de-péché* est-elle toujours avec
le petit *La Fouillouse?* Avez-vous découvert
de nouvelles étoiles au ciel du galant paradis ?
Et les courses ? Le gros baron a-t-il enfin gagné
un prix ? Tu sais que j'ai parié qu'il n'en gagne-
rait jamais !

— Ta ta ta ! procédons par ordre, mon cher.
Quelle avalanche de questions ! Par quoi veux-
tu que je commence ? Par les chevaux, par les
femmes ou par le jeu ?

— A tout seigneur tout honneur ; parle-moi
de ces dames.

— Henriette tient toujours la corde. Elle a
fini par ruiner le grand Widman le boursier.
C'est le troisième financier qu'elle croque depuis
un an.

— C'est pain bénit !

— Ah ! une nouvelle ! *La Fouillouse* épouse la
fille d'un fabricant d'osanores !

— Il devait finir comme ça ! Après ?

1.

— En fait d'étoiles... il y a la Jenny... une blonde assez gentille. Tu ne la connais pas. C'est tout récent. C'est de Berthier qui la lance ... elle ira.

— Au cercle?

— Un jeu d'enfer ! Saint-Firmin a perdu quarante mille francs au bac... Il n'a pas payé; nous l'avons expulsé en assemblée générale. Un coup-d'œil superbe... On se serait cru au jeu de paume !

— Les courses ?

— Attends donc ! Ton gros baron n'a pas gagné ! C'est Johnston... avec une rosse ! On voit le jour au travers ; mais qui court... !

— Bon. Et tes amours ?

— Mon gendre, vous me manquez de respect !

— Bast ! nous sommes seuls.

— Eh bien ! sache donc...

Nous nous éloignerons par discrétion, laissant ce modèle des pères s'inquiéter à sa façon du bonheur de sa fille, et nous nous glisserons au premier étage, où Lucy vient d'introduire sa mère dans son appartement.

— Voyons, ma chère enfant, dit Mme de Grand-pré, après s'être confortablement installée sur le canapé, allons au plus pressé. — Ton mari...?

— Charmant !

— Tu l'aimes ?

— Je l'adore !

— Tout est pour le mieux alors ?

— Si vous saviez, ma chère mère, quel cœur il a, mon Gaston ! Quel esprit ! Quelle délicatesse de sentiments !

— Tu sais que tu es horriblement fagotée ? On ne porte plus du tout de robes échancrées. C'est bon tout au plus pour la campagne.

— Ainsi, l'autre soir, nous nous promenions dans l'allée de tilleuls qui borde le parc...

— Et ta coiffure ! La mode est aux bandeaux maintenant !

— Il m'a dit qu'il passerait volontiers sa vie ainsi seul avec moi, sous le regard de Dieu...

— Eh ! laisse là ton mari. S'il est aimable, c'est son devoir après tout. Ne vas-tu pas me conter toutes les balivernes que vous vous dites au clair de la lune !... Tu te rappelles Mme de Verceil ?

— Mme de Verceil ? Oui, ma mère.

— Un scandale inouï, ma chère ; elle a pris pour amant le vicomte de Servin... 60 ans ! C'est une maladroite, tu comprends ? Il l'aurait épousée. Maintenant, adieu paniers !... Quant à

Mlle de Fondeval, elle a décidément perdu son procès, elle coiffera sainte Catherine, son petit baron vient de se marier. Devine avec qui !

— Je ne sais.

— Avec Mlle d'Aigrefond, malgré la petite aventure de l'année dernière. Au fait, tu ne la connais pas... je te conterai cela. Mais tu ne m'écoutes pas, que regardes-tu ?

— Gaston qui passe dans l'avenue avec mon père.

— Bon ! laisse-les causer. Ce sont de vieux amis, ils ont mille choses à se dire. Ce doit être édifiant. Mais au fait, tu sais que nous venons te chercher ? Deux mois de solitude, c'est assez, ma chère ; un plus long tête-à-tête serait ridicule.

— Mais, ma mère...

— Ah çà ! te figures-tu que je suis venue m'enterrer à la campagne ? Non, non, Grandpré est joli, je n'en disconviens pas, — à l'automne, au moment des chasses ; mais maintenant on n'a pour société que les arbres du parc, et franche-ment ce n'est pas assez.

— Partir !

— Dès demain, tous les quatre. Nous allons à Dieppe. Il paraît qu'il y a déjà un monde fou. Nous retrouverons tous nos amis. Pas d'objection, tout est convenu, arrangé, la maison est louée.

Lucy vit avec un serrement de cœur ce brusque dénouement de son charmant roman. Elle eût voulu prolonger le duo d'amour qu'elle roucoulait avec Gaston. Mais à toutes ses objections qu'elle ne voulait pas entendre, sa mère répondait chiffons et toilette. Sa grande préoccupation était d'éclipser le monde élégant qui se donne rendez-vous sur la plage. Battue de ce côté, Lucy se retourna vers Gaston; elle espérait trouver en lui un auxiliaire pour la résistance.

— On veut que nous quittions notre cher Grandpré, lui dit-elle, où nous vivions si tranquilles et si heureux, on veut nous arracher à notre douce solitude. Le souffrirez-vous, Gaston? N'est-ce pas que c'est trop tôt?

— Sans doute, ma chère enfant, répondit avec assez d'à-propos le jeune mari. Le sacrifice me coûte autant qu'à vous, Lucy! ajouta-t-il avec un soupir hypocrite. Mais ne faut-il pas satisfaire au désir de nos parents? Enfin, chère petite folle, fussions-nous au milieu de la foule, ne trouverons-nous pas moyen de nous isoler? Nos tête-à-tête n'en seront que plus charmants!

— Méchant! que leur manquait-il donc ici?

Gaston se mordit les lèvres et ne répondit pas.

— Enfin... vous le voulez tous ! ajouta Lucy avec un sourire résigné. Soit ! nous partirons.

C'était se tirer avec esprit d'un mauvais pas, aussi Gaston, après avoir déposé un baiser de mari sur les cheveux de sa femme, s'en alla-t-il, fredonnant sournoisement un refrain en vogue, presser ses préparatifs de départ.

. . . .

Le jour qu'ils arrivèrent à Dieppe, la mer était houleuse ; les vagues se heurtaient, secouant leur crinière d'écume. Pour la première fois, Lucy pouvait admirer ce chef-d'œuvre de la nature.

C'est un spectacle grandiose, devant lequel l'être chétif qui peuple notre terre comprend son infériorité. Un sentiment instinctif l'oblige à courber la tête devant l'immensité.

Ces flots qui s'avancent, tantôt majestueux et calmes, venant lourdement se briser sur la rive, tantôt animés d'une mystérieuse colère, se roulant impétueux, irrésistibles, avec un bruit qui semble un écho de la voix de Dieu ; — cette ligne qui se confond avec l'horizon dont on cherche à sonder l'infini, tout, jusqu'au souffle de l'air imprégné d'alcalines senteurs, pénètre l'âme d'un saint respect.

Les animaux eux-mêmes s'arrêtent, et pendant la tempête on les voit trembler d'inquiétude, mêlant leurs cris de terreur aux rafales du vent et au mugissement des flots.

Lucy se tenait immobile sur la jetée; plongée dans une muette contemplation, elle ne pouvait détacher son regard de cette mer en courroux, dont les vagues venaient balayer le phare et la couvraient sans qu'elle s'en aperçût d'une pluie fine et salée. A quelques pas en arrière, sa mère et son mari continuaient une conversation dont le thème était tout-à-fait étranger au spectacle imposant qu'ils avaient sous les yeux. Plusieurs fois, directement interpellée, Lucy, tout entière au sentiment de stupeur où la jetait la vue de la mer, ne les avait pas entendus.

Impatienté d'une contemplation qu'il jugeait fastidieuse et infiniment trop prolongée, Gaston d'un mouvement violent arracha Lucy à sa rêverie et l'entraîna toute frissonnante jusqu'à leur habitation.

— Mais, ma chère, lui dit-il en riant et en lui faisant hâter le pas, quel accès de curiosité vous fait ainsi braver les caresses par trop rafraîchissantes de la mer? Il fait aujourd'hui un temps

abominable, à ne pas mettre à l'eau un pêcheur
de harengs. Je ne sais rien de plus insipide que
cette colère brutale des flots qui viennent bêtement se briser contre la pierre. C'est bon à
regarder un moment... lorsqu'on a un para-
pluie pour se garer des éclaboussures.

Lucy ne répondit rien, mais elle jeta un regard
sur son époux et, pour la première fois, elle
découvrit un défaut dans ce diamant si finement
taillé. Elle se dit que cet homme si beau, dont
son imagination avait fait un héros, n'était peut-
être qu'un être vulgaire, que la statue de marbre
avait des pieds d'argile. Mais non ! elle se trompait sans doute ; ce n'était là qu'une défaillance,
et, qui sait ? peut-être voilait-il, par une sorte
de pudeur, son émotion sous une indifférence
affectée ? Il n'avait osé sous le regard moqueur
de Mme de Grandpré laisser deviner l'admiration
naïve qui lui étreignait le cœur. Lucy se fit
mentalement ces réflexions, et ne voulut pas
prononcer sur Gaston un jugement sans appel,
qui eût brisé toutes ses croyances.

Pendant tout le temps qu'ils restèrent à
Dieppe, le programme de leur existence ne
laissa rien à l'imprévu.

Ces Messieurs passaient leur vie au Casino, où

ils avaient rencontré des amis du club. Les
journées s'écoulaient à faire un nombre incalcu-
lable de *robres*; le soir, on pariait à l'écarté, à
moins qu'on ne se réunît chez l'un de ces
Messieurs pour tailler un baccarat. Quant à ces
dames, on les voyait aux heures des repas. Elles
avaient du reste peu de loisirs, le code du
high-life, dont Mme de Grandpré était le grand
juge, exigeant qu'on changeât de toilette quatre
fois par jour.

Mme de Grandpré, née de Luçay, ayant retrouvé
bon nombre de ses amies, leur présenta Mme Gaston du Villars. Personne n'ignorait que Lucy
était sa fille, mais comme elle obligeait celle-ci
à l'appeler devant le monde par son petit nom
d'Adrienne, les flatteurs feignaient de prendre
Lucy pour sa sœur.

La pauvre jeune femme ne voyait plus guère
son mari; Gaston ne rentrait que le matin. Harassé par les émotions du jeu, ou la tête troublée
par de trop fréquentes libations, il s'endormait
d'un sommeil de plomb et ne se décidait à revoir
le soleil que lorsque cet astre avait parcouru la
moitié de sa carrière. Après quelques tentatives
infructueuses, Lucy dut renoncer aux causeries
d'autrefois, mais elle se raidissait contre le

découragement; trouvant mille prétextes pour
excuser Gaston que le tourbillon du monde em-
portait malgré lui, elle se promettait de prendre
plus tard une revanche éclatante. Elle eût rougi
de se plaindre et ne voulait pas s'avouer que
Gaston semblait la fuir et qu'il évitait de se
trouver seul avec elle.

Son amour était encore vivace, et cependant
elle commençait à s'apercevoir que le masque
de tristesse que près d'elle Gaston s'attachait
au visage, et qu'elle s'obstinait à prendre pour
le regret d'un passé plein d'enivrants souvenirs,
il le rejetait bien vite dès qu'il se trouvait seul
avec ses amis.

Elle voulut réagir contre l'amertume qui
s'emparait de son cœur, et, profitant d'une après-
midi où une légère migraine retenait Mme de
Grandpré prisonnière au logis, elle vint, avec
une câlinerie qui eût fait la joie de toute autre
mère que Mme de Grandpré, s'agenouiller devant
elle, et plongeant, dans ceux de sa mère, ses
yeux chargés de tristesse, elle lui dit :

— J'ai un grand chagrin, ma mère, qu'il faut
que je vous conte. Voulez-vous recevoir ma con-
fession ?

— Va, je t'écoute, qu'y a-t-il ?

— C'est de Gaston qu'il s'agit.

— Ton mari ? tu m'as fait peur ; je craignais que cela fût sérieux. Que t'a-t-il fait Gaston ?

— A moi ? rien ; ou du moins je ne puis pas l'accuser. C'est donc moi-même qui suis coupable.

— Oh bien alors ! je te donne par avance mon absolution.

— Ne prononcez pas si vite ! Gaston ne m'aime plus comme autrefois.

— Qu'entends-tu par... autrefois ?

— Cela ne date pas de loin, fit Lucy avec un sourire, et cependant il me semble qu'il y a bien longtemps.

— Ce qui veut dire, si j'ai compris, que tu regrettes le temps de ta lune de miel.

— Je regrette le temps où nous vivions l'un pour l'autre, oui, ma mère, moi, lisant à livre ouvert dans son cœur, lui, me disant qu'il était heureux de passer ainsi sa vie à mes pieds, sa main dans la mienne.

— Que de poésie, mon Dieu ! mais tu te noies dans l'azur, ma chère Lucy ! tu es par trop exigeante. Vous avez passé deux mois à Grand-pré, enfermés comme deux tourtereaux. L'usage le permettait, tu en as usé largement. Chaque chose a son temps. Philémon et Baucis ne sont

plus de mode, ma chère. Ce pauvre Gaston !
tu le condamnerais volontiers à un marivaudage
perpétuel, mais c'est de la férocité, cela ! Jamais,
dans notre monde, on ne donne ainsi prise au
ridicule. Vois ton père !... certes, je puis le
dire, il était fort épris de moi, et si je ne l'avais
pas aimé, je n'eusse pas fait le sacrifice d'échanger mon vieux nom de Luçay contre celui de
de Grandpré : c'est ma seule excuse. Enfin !...
Eh bien ! prends modèle sur nous. Nous vois-tu
soupirer et échanger de tendres regards ? Ce
serait à rire... Gaston ne t'aime plus...
dis-tu. Je le trouve au contraire très-empressé,
fort galant, très-aimable avec toi. Allons ! sèche
tes larmes, tu es trop difficile, et, malgré la
meilleure volonté, je ne saurais compatir à ta
douleur.

— C'est vrai... j'ai tort.

— Ah ! je sens ma migraine qui redouble...
tu seras cause que je vais être affreuse ce soir et
que je ne pourrai aller au raout de la marquise
d'Estambilles... laisse-moi, ma chère, j'ai
sommeil.

— Oui, ma mère, dit Lucy, qui se retira avec
une blessure de plus au cœur.

Elle était venue chercher une consolation,

une espérance; elle laissait en route une nouvelle illusion.

Elle se replia sur elle-même comme ces fleurs
qui ferment leurs pétales lorsque le soleil a disparu derrière l'horizon et se jura de travailler
seule à reconquérir le bonheur qui semblait la
fuir.

— Non, se dit-elle, je me trompe sûrement, il
m'aime. En ce moment il sacrifie à ses relations,
il doit faire bon visage à ses amis; lorsqu'il me
reviendra, je le retrouverai le même qu'autrefois.

. . . .

Un soir qu'il y avait eu bal au Casino, Lucy
rentra fort tard avec sa mère, et lorsque
celle-ci se fut retirée dans son appartement, elle
résolut d'attendre au salon le retour de Gaston,
voulant avoir un entretien avec lui.

La nuit était fraîche, un feu vif pétillait
gaiement dans la cheminée. Gardant sur ses
épaules sa sortie de bal, Lucy s'assit dans un
fauteuil et, les yeux fixés sur la pendule, elle
attendit.

Sur les deux heures la porte de la maison fut
refermée avec violence; Lucy se leva vivement,
jeta un rapide regard sur la glace qui lui renvoya
sa charmante image, et le cœur lui battait bien

5.

fort lorsqu'elle vit entrer non pas Gaston, mais
M. de Grandpré, son père.

— Encore debout! fit celui-ci. Que diable
fais-tu là, toute seule, dans ce salon?

— Mon mari ne vous accompagne pas? dit
Lucy étonnée.

— Non; figure-toi qu'il est en veine ce soir,
aussi il est resté sur la brèche. Ça lui arrive si
rarement, fillette, qu'il faut lui pardonner. L'at-
tendrais-tu par hasard? Vrai tu aurais tort. Fais
comme moi, je vais me coucher.... On a bu du
punch et... j'ai mal à la tête.

Lucy, trop naïve pour s'apercevoir que cet
aimable viveur était gris, le prit par le bras et
le pria de rester un moment avec elle. Lucien
de Grandpré, peu solide sur ses jambes, tomba
lourdement dans un fauteuil qui lui tendait les
bras fort à propos.

Jamais elle n'avait causé sérieusement avec
son père. Il occupait dans la famille un rang
secondaire; Mme de Grandpré en parlait assez
dédaigneusement et le tenait dans une sorte de
tutelle; aussi l'idée n'était-elle jamais venue à
Lucy de le prendre pour confident. Mais Gaston
pouvant se faire longtemps attendre, une cau-
serie amicale lui ferait prendre patience. L'état

d'ébriété assez prononcé de son interlocuteur lui échappant d'abord, elle lui parla comme à un être doué de toute sa raison.

— C'est donc bien amusant, le jeu ? lui dit-elle, que vous y passez toutes vos soirées, mon père !

— Peuh ! affaire d'habitude... Et puis, que diable ferions-nous ? Cela tue le temps. Vois-tu, Lucy, ajouta M. de Grandpré, qui avait le punch communicatif, Madame ta mère ne se soucierait que médiocrement de me tenir fidèle compagnie. Il y a longtemps que je ne me fais plus illusion à cet égard. Elle m'aime beaucoup, Madame ta mère, mais de loin !

Lucy fut médiocrement étonnée de cette confidence.

— Mais, fit-elle avec une certaine hésitation, Gaston n'a pas la même excuse.

— Non, c'est vrai... Cela ne te gêne pas que j'allume un cigare ?

— Nullement.

— Cela tient à d'autres considérations, continua M. de Grandpré, dont le débit accusait une certaine lenteur. Gaston t'aime bien, petite, il me le disait encore ce matin... parole d'honneur ! Après trois mois de ménage, c'est beau...

pardon ! suis-je bête, moi ! Il ne demanderait pas
mieux que de passer ses soirées près de toi,
mais tu n'as pas bien compris ce garçon-là.
Voilà dix ans que je le connais, que nous faisons
nos... enfin c'est un bon vivant, un homme
tout rond ; eh bien ! veux-tu que je te dise...
tu l'ennuies !

— Comment ?

— Tu lui parles de la lune, du soleil et des
planètes, toutes choses auxquelles il ne comprend goutte. Il n'a pas étudié l'astronomie,
vois-tu. Au collége, il était toujours le dernier.
Il n'a pas inventé le punch, ton mari !

Et M. de Grandpré éclata d'un gros rire.

— Bref, tu le fais bâiller, ce pauvre ami ; tu
l'as pris au sérieux, voilà le tort.

— Mais, mon père... fit Lucy, qui commençait à remarquer que le langage de son
père avait une singulière incohérence, et que,
deux fois, il avait failli glisser de son fauteuil.

— Tu veux la vérité, la voilà. Ce que je t'en
dis, c'est pour que tu en fasses ton profit. Il est
tout disposé à t'aimer, Gaston ; d'abord il adore
les brunes... je le sais, moi... à preuve...
que... Enfin tu as fait fausse route ; rebrousse
chemin, fillette. Nous t'avons fait donner une

instruction de premier ordre, ce n'est pas une
raison pour lui réciter tes leçons comme une
perruche ; cela l'ennuie furieusement, va !

Lucy ne répondit pas, elle porta la main
à son cœur comme pour y comprimer une douleur aiguë.

M. de Grandpré oublia de rallumer son cigare ;
il entreprit de tisonner le feu qui s'éteignait, la
pincette lui échappa des mains, — poussant un
énorme soupir, il renversa la tête en arrière et
s'endormit.

Lucy lui jeta un regard méprisant et se retira
chez elle, renonçant à attendre Gaston.

Le voile qui couvrait ses yeux venait de se
déchirer, l'auréole s'évanouissait. Gaston, être
idéal, pur fantôme de ses rêves de jeune fille,
que, femme, elle avait aimé de toutes les forces
de son âme ardente et enthousiaste, n'était
plus que le gai viveur, le prosaïque et vulgaire
spécimen de l'espèce... à celui-là elle n'avait
plus rien à dire.

III

La chasse est ouverte. Une foule d'invités se pressent au château de Grandpré.

Mme de Grandpré, Lucy et son amie de pension, Marguerite Vialin, représentent seules le beau sexe.

Lucy ne s'ennuie pas, elle a trouvé dans la présence de son amie une diversion puissante. Ce sont entre les deux jeunes femmes des causeries sans fin, où les souvenirs d'enfance sont évoqués tour à tour. Marguerite donne gaiement la réplique aux confidences de Lucy.

Mlle Vialin est le contraste vivant, l'antithèse de Lucy. Il y a dans la beauté de celle-ci quelque

chose de voilé, de vaporeux, des contours chastes
qui font qu'en devenant femme, Lucy a gardé le
charme indécis de la vierge.

Marguerite, au contraire, est grande, exubé-
rante de santé, — elle s'impose aux regards, elle
n'est point belle de cette beauté régulière et
sérieuse que chantent les poètes, mais ses yeux
brillent de lueurs provocantes, ses cheveux sont
magnifiques et sa bouche un peu grande découvre
dans un frais sourire des dents éblouissantes,
tandis que de petites fossettes se creusent dans
les chairs de ses joues. C'est une femme destinée
non peut-être à inspirer de grandes passions,
mais à être désirée par tous ceux qui la voient.
Elle fait involontairement rêver à Ève... après
le péché.

Les femmes sont souvent de mauvais juges
en matière de beauté féminine. Lucy se disait, en
regardant Marguerite, que c'était là une bonne
grosse fille, bien insignifiante et qui ne devait
lui inspirer aucune jalousie. Elle était presque
tentée de la plaindre, et on l'eût bien surprise
en lui affirmant que son amie attirait tous les
regards.

Les grâces effacées, la morbidesse de Lucy, la
teinte un peu grise de cette frêle statue, pâlis-

saient éclipsées par l'éclat et la luxuriante fraî-
cheur de sa compagne.

Lucy avait la beauté aristocratique, le sang
noble et un peu appauvri des de Luçay, —
Marguerite, la beauté bourgeoise, le sang généreux de la plébéienne.

Un rêveur n'eût pas hésité à préférer la
première, mais un homme n'aimant pas à planer
dans les sphères éthérées de la poésie donnait
sans hésiter la pomme à la seconde.

Après ce tribut d'admiration accordé à l'adorable créature, les artistes amateurs de la beauté
harmonieuse, de la grâce qui ouvre à la rêverie
des horizons infinis, ne quittaient plus Lucy,
mais les autres, et au château de Grandpré,
devenu le rendez-vous de viveurs passablement
inintelligents, ils formaient la majorité, décer-
naient du premier coup à Marguerite la médaille
de beauté.

Gaston se souvenait d'avoir marivaudé avec la
jeune fille, alors qu'elle était en tiers dans ses
entretiens ultra-poétiques avec sa fiancée. Déjà
en ce temps-là, il avait éprouvé devant Marguerite un certain trouble, où de vagues désirs
comprimés par la présence de Lucy l'agitaient
malgré lui.

Mais chez Gaston les impressions s'effaçaient vite, et loin d'elle il n'y pensa plus. Lorsqu'il la revit, sa passion assoupie se réveilla tout-à-coup et acquit une violence inouïe. Il se livra sans combats et sans remords à ce délire amoureux. Fixant sur Marguerite des regards ardents, il recherchait toutes les occasions de s'approcher d'elle, trouvait mille prétextes pour lui toucher la main, et à ce contact il tressaillait; le sang lui montait au visage, son cœur battait avec violence, ses yeux brillaient d'un éclat étrange.

Marguerite, se réveillant avec les oiseaux, aimait à parcourir de grand matin les allées du parc; elle aspirait avec délices les fraîches émanations de la nuit, et ne craignait pas de mouiller le bas de sa robe en courant, comme une biche échappée, sur les pelouses humides.

Souvent elle se croisait avec la bande joyeuse des chasseurs traversant le parc pour commencer leurs exploits cynégétiques. La meute contenue à grand'peine par les valets passait comme un tourbillon; Marguerite se garant gaiement adressait un salut gracieux aux hôtes de Gaston, et celui-ci ne manquait jamais de rester un instant en arrière pour échanger quelques mots avec elle. Mais on le rappelait à grands cris, et

6

il quittait Marguerite après l'avoir enveloppée
d'un dernier regard passionné.

Gaston attendait vainement une occasion
favorable; la flamme qui brûlait ses veines trouvait dans l'impatience un aliment puissant.
Après s'être livré avec une sorte de joie au sentiment de convoitise que lui inspirait la jeune
fille, il souffrait maintenant d'un supplice into-
lérable. Il éprouvait des insomnies que la fatigue
ne pouvait vaincre, un tremblement nerveux
agitait ses membres, un feu sombre creusait
autour de ses yeux un cercle bleuâtre, son robuste
appétit s'était subitement éteint, mais s'il ne
mangeait guère, en revanche il buvait comme
quatre.

Il voyait avec terreur le temps des vacances
s'écouler; déjà plusieurs fois la jeune sous-
maîtresse avait parlé de son prochain départ,
que seules les prières de Lucy retardèrent de
quelques jours.

Enfin, il ne put en douter, Marguerite allait
s'éloigner; toutes les dispositions étaient prises
pour conduire, le lendemain, la jeune fille au
chemin de fer.

Il y avait eu, ce jour-là, grande battue en
plaine, et les chasseurs harassés s'étaient tous

retirés de bonne heure. Mme de Grandpré lisait
un roman dans son lit et Lucy, après un long
et dernier entretien avec son amie, était remontée
chez elle.

Gaston, sous l'empire d'une insurmontable
agitation, la tête un peu prise par de trop fréquentes libations, se promenait dans le parc,
roulant dans sa pensée des projets insensés.

Espérant que ce commencement d'ivresse se
dissiperait au grand air, il était descendu tête
nue au jardin; mais, par un phénomène dont
tiennent rarement compte les buveurs les plus
expérimentés, les nuages loin de se dissiper
s'étaient amoncelés en son cerveau. Il était
arrivé à cet état qui tient du rêve, où les choses
les plus impossibles semblent un jeu d'enfant.

— Non! se disait-il, elle ne partira pas
ainsi!

Et levant les yeux, il aperçut de la lumière
dans la chambre de Marguerite.

— Elle est là! Si j'osais...? Pourquoi pas?

Alors se glissant dans le pavillon occupé par
la jeune fille, assourdissant ses pas, retenant
son haleine, il se dirigea par les corridors
sombres comme un malfaiteur; il entendait pour
ainsi dire battre son cœur, et deux fois il fut

obligé de s'appuyer à la muraille pour ne pas
tomber.

Après avoir mis en ordre ces mille riens, ces
chiffons, ces dentelles, que toute femme traîne
avec elle en voyage, Marguerite se préparait à
se déshabiller.

Debout devant une glace qui la reflétait tout
entière, adorablement belle avec ses épaules
nues, son riche corsage que voilait à peine un
corset de satin, elle venait de dérouler son opu-
lente chevelure, qui ruisselait sur elle comme
une nappe d'or. Je ne saurais dire quelles pensées
fugitives amenaient un sourire sur ses lèvres ;
l'âme d'une femme est un abîme dans le fond
duquel se cache un être imaginaire à qui la
plus chaste et la plus pure réserve de secrètes
caresses et des coquetteries félines.

Marguerite souriait donc, lorsque soudain le
sourire s'éteignit sur ses lèvres : un léger bruit
venait de la faire tressaillir, et dans la glace elle
avait vu, avec un indicible effroi, la porte de sa
chambre rouler sur ses gonds, un homme apparaître et s'arrêter sur le seuil.

Elle se rassura cependant en reconnaissant
Gaston.

— Vous, Monsieur ! lui dit-elle, jetant vive-

ment un fichu sur ses épaules. Qu'y a-t-il?
Est-ce que Lucy...?

Gaston était très-pâle. Il ferma la porte et
s'avança de quelques pas.

— Vous partez demain, Mademoiselle? lui
dit-il d'une voix altérée.

— Oui, Monsieur, fit Marguerite rougissant
sous le regard de Gaston.

— Vous ne partirez pas!

— Pourquoi donc?

— Parce que je vous aime!

— Que dites-vous?

— Ne l'avez-vous pas deviné? Je ne puis
vivre sans vous, Marguerite.

— Taisez-vous! Si Lucy vous entendait...

— Elle dort; nous n'avons rien à craindre.
Marguerite! n'aurez-vous pas pitié de moi?

— Laissez-moi, Monsieur! Je ne vous aime
pas! C'est infâme. Retirez-vous, ou j'appelle.

— Non! tu n'appelleras pas!

Et s'élançant, il voulut la saisir. Marguerite
fit un bond en arrière, mais le fichu qui l'enve-
loppait resta aux mains de Gaston qui, enivré,
hors de lui à la vue de la jeune fille étalant à
ses yeux, malgré elle, les trésors de sa beauté,
se jeta à sa poursuite.

6.

En vain elle voulut lui échapper, elle sentit tout-à-coup un baiser de feu lui mordre l'épaule comme un fer rouge.

Elle poussa un cri terrible.

— Tais-toi ! rugit Gaston, tais-toi ! personne ne viendra.

Marguerite était forte; se raidissant contre l'épouvante, elle voulut repousser Gaston, mais cette résistance, à laquelle il n'avait pas songé, porta à leur paroxysme ses désirs mêlés de colère. Oubliant qu'il luttait avec une femme, il saisit ses poignets qu'il tordit brutalement et la força de plier les genoux.

Une seconde encore, elle était irrévocablement perdue, lorsque Lucy parut sur le seuil.

— A moi, Lucy ! à l'aide ! s'écria Marguerite.

— Lucy !

— Moi-même, Monsieur !

Gaston, lâchant sa victime, fit un pas en arrière.

— Retirez-vous ! lui dit sa femme avec un calme étrange dans un pareil moment. Je resterai près de Marguerite pour vous empêcher de commettre un crime.

Gaston, subitement calmé et dégrisé, courba

la tête; Lucy, implacable, lui montrait la porte du doigt, — il se retira.

Le lendemain, Marguerite s'éloignait ; — Gaston, parti avant le jour, le fusil sur l'épaule, n'était pas là pour lui faire ses adieux.

. . . .

Quinze jours plus tard, on revenait à Paris. Gaston avait eu des regrets amers, mais ce qui lui tenait lieu de remords, c'était la crainte d'une lutte. S'attendant à des scènes terribles, à des reproches sanglants, il redoutait d'avoir à supporter un regard navré, des flots de larmes qui eussent singulièrement troublé la grasse vie dont il aimait la monotone régularité. La plus heureuse solution, se disait-il, serait encore une séparation sans éclat, comme cela se pratique dans notre monde, et il se faisait volontiers à l'idée d'une liberté tacitement rendue de part et d'autre.

Aucune de ces hypothèses ne se réalisa. Lucy ne lui fit aucun reproche, elle garda le silence et n'eut pas de ces tristes regards qu'il redoutait tant.

Il semblait que rien ne se fût passé; bien plus, un changement tout à son avantage s'opéra chez la jeune femme.

Plus de ces confidences sentimentales, de ces
voyages dans le pays du bleu où Gaston la suivait à tâtons. Sans amertume apparente, Lucy
traita son mari sans conséquence, comme un bon
garçon, et ne sembla pas lui garder rancune de
sa tentative d'infidélité. Étonné et charmé de
cette heureuse métamorphose, Gaston se hasarda
peu à peu à des velléités de galanterie, à des
réminiscences des premiers jours, et lorsqu'il
vit que sa femme accueillait favorablement cette
excursion rétrospective, il en conclut que, sans
le vouloir, il avait découvert le vrai moyen d'être
heureux en ménage.

Il ne chercha pas à deviner si un mobile
secret ne faisait pas ainsi passer Lucy sans
transition d'un amour idéal à une résignation
complète; il ne comprit pas quel nouvel espoir
avait pu luire dans la nuit profonde où s'était
perdu son bonheur; que cette âme en peine cherchait un refuge, aspirait à des joies inconnues,
et que, pour atteindre ce but rêvé, elle devait lui
accorder un semblant de pardon. Gaston crut de
bonne foi avoir épousé une femme exceptionnelle
et n'y pensa plus.

Bénéficiant de la liberté relative que lui laissait Lucy, il reprit avec son digne beau-père la

vie de garçon interrompue par les premiers mois de son mariage. Lucien de Grandpré s'était pris pour son gendre d'une amitié fraternelle. Ils ne se quittaient plus, et n'imaginèrent rien de plus touchant que de prendre pour maîtresses deux sœurs jumelles bien connues à Paris et qui avaient joué de petits rôles dans les théâtres du boulevard.

Louise et Joséphine Dronsart étaient filles d'un brave couple qui tirait le cordon dans une maison de la rue Taitbout. Elles s'étaient élevées peu à peu au rang distingué qu'elles occupaient dans le high-life. Jolies, mais sans instruction, et d'une bêtise proverbiale, elles s'engagèrent, Louise aux Variétés, — Joséphine à l'Ambigu.

Ces débuts furent sans éclat, car elles faisaient partie d'une fournée de jolies fillettes qui ne parlaient qu'en chœur. Des protections de coulisse leur permirent bientôt de sortir des rangs, et Louise eut un véritable succès de fou rire la première fois qu'elle eut à parler seule.

C'était dans les *Cent Vierges*; il s'agissait de prononcer ces mots : il fait beau ici.

Carrément elle se planta devant le souffleur et lança un : il fait beau-z-ici! qui fut couvert par les applaudissements des Messieurs de l'orchestre dont elle connaissait un bon nombre.

Au régisseur qui lui reprochait sa liaison hasardée, elle fit cette réponse magnifique :

— Ce n'est pas ma faute, vous me faites jouer au pied levé, je ne savais pas mon rôle !

Comme il n'en faut pas plus pour être célèbre, elle reçut, le lendemain, des propositions diplomatiques qu'elle s'empressa d'accepter, et tirant à sa remorque la pauvre Joséphine qui n'avait pas obtenu une renommée aussi éclatante, on les vit bientôt au bois dans leur voiture. Louise, le cigare à la bouche, conduisait un élégant phaéton ; ce fut le comble de l'originalité et dès ce moment elles eurent une réputation inouïe.

Lucien et son gendre étaient en ce moment les heureux vainqueurs de ces deux charmantes demoiselles, et se montraient, non sans raison, très-fiers de leur conquête. De fait, leur règne, qui durait depuis deux mois, prêtait à cette association des proportions de longévité exagérée. Cette fidélité invraisemblable prenait sa source dans le côté réellement piquant de l'aventure, qui permettait à nos deux ingénues de se traiter dans l'intimité de belle-mère et de bru, ce qui les amusait fort.

La fidélité est inconnue, maladroite au premier chef, dans le corps de ces amazones grotesques qui, coiffées à la chien, le verre de champagne ou le cigare aux lèvres, le gros mot et la grasse bêtise à la bouche, plaisent d'autant plus à ces Messieurs qu'elles sont plus usées et plus vieilles.

Ce sont des lettres de change dont la cote s'élève en raison directe du nombre des endosseurs.

Car, il faut le dire à notre honte, il y a, dans cette ville intelligente qui s'appelle Paris, un stock d'hommes imbéciles, flottant généralement entre dix-huit à vingt-cinq ans, auxquels on a donné tour à tour les noms de *lions*, *gandins*, *crevés*, *gommeux*, qui préfèrent, à la fraîche jeune fille, le visage plâtré de la vieille courtisane.

Et pourquoi? parce que l'on dit :

— Vous savez, Durand?

— Qui ça, Durand?

— D'où sortez-vous donc ? Durand! c'est l'amant de la grosse Blanche, ou de la grande Maria, — vous savez? celle qui a fait condamner son amant à dix ans pour faux...

Cela s'appelle être dans le mouvement; phrase

terrible qui conduit à la ruine, au déshonneur,
à la honte...

. . . .

La liaison de Gaston ne pouvait rester longtemps un mystère pour Lucy. Un ami de son
mari la lui apprit avec force précautions oratoires, comme s'il craignait de causer à la jeune
femme une douleur trop vive. Au fond, le bon
apôtre prêchait pour son saint, espérant profiter
du dépit et de la colère que devait allumer dans
le cœur de la nouvelle mariée la trahison flagrante
de son époux. Il comptait sur la loi de lynch,
mais Lucy écouta cette perfide confidence de la
meilleure grâce du monde, se contentant de
sourire. Elle se fit donner le minutieux signale-
ment de la maîtresse de Gaston, afin de ne pas la
confondre avec celle de son père, et la première
fois qu'au bois sa voiture croisa celle de l'excen-
trique demoiselle, elle lui fit l'honneur d'un at-
tentif examen.

Quant à l'auteur de cette aimable révélation,
il ne réussit pas à sortir des rangs des adora-
teurs qui se pressaient autour de l'Ariane délaissée.

Il y a, de par le monde, un cercle de gens
oisifs qui cherchent à remplir le vide de leur

cœur avec une passion plus ou moins romanesque, et passent leur vie à l'affût des infortunes
conjugales, ayant au service des épouses trahies
des trésors de consolations.

Mme du Villars, jeune, belle, riche et trompée,
ne pouvait échapper à la loi commune.

Tout un essaim de ces frelons titrés, postulant
les fonctions d'amants en titre, bourdonna à ses
oreilles des déclarations toutes copiées sur le
même modèle. Elle prêta à ce concert langoureux
une oreille attentive, interrogeant son cœur qui
resta sourd aux belles choses qu'on lui adressait. A l'école du mariage, Lucy avait acquis
l'expérience, mais cette triste science lui coûtait
cher : ses illusions de jeune fille, ses rêves em-
preints d'une ardente poésie, s'étaient enfuis à
tire-d'aile.

Parmi ceux qui se prétendirent prêts à mourir
pour elle, il se trouva plusieurs hommes jeunes
et beaux comme Gaston, qui comme lui avaient
le front rêveur, le regard éloquent et les cheveux
bouclés, et qui murmuraient tout bas, avec des
larmes dans la voix, des phrases enfiévrées, pro-
fondes à force de bêtise.

Lucy, froidement, leur arrachait la peau de
lion qu'ils avaient revêtue, et, par un mot, un

7

regard, un sourire ironique, les renvoyait brouter
l'herbe tendre aux pieds d'une beauté plus crédule.

Et cependant, que n'eût-elle pas donné pour
éprouver encore ces élans d'enthousiasme, cette
foi ardente, voile d'or jeté par l'âme sur ce qu'il
y a de tristement humain dans la passion?

Lucy se fût laissé entraîner vers un amour
coupable, dont la grandeur et la sincérité eussent
effacé la honte. Mais Gaston avait tari la source
de ses croyances, et, ses sens restant muets, elle
n'eut que dédain et mépris pour ceux qui prétendaient l'aimer.

Or, ce principe étant admis que toute place
assiégée doit capituler, les preux chevaliers
qui avaient tenté en pure perte de prendre d'assaut la vertu de la jeune femme ne voulurent
pas avouer leur défaite.

Ils affirmèrent que l'ennemi s'était logé dans
la citadelle, et, comme rien ne se propage aussi
vite qu'une calomnie, en peu de temps on fut
intimement convaincu que Mme du Villars avait
donné un remplaçant à son volage époux.

Cette moitié de secret ne pouvait satisfaire la
curiosité. On voulut, à tout prix, en connaître le
dénouement. Mais les espions les plus subtils,

les *détectives* du grand monde qui professent, pour la gloire, le charmant métier de lire sur les visages les plus secrètes pensées, qui savent interpréter le moindre geste, donner un sens à la phrase la plus innocente, en furent pour leurs frais d'imagination. Des femmes même, et des plus habiles, se mirent en campagne et firent buisson creux.

Comme, parmi ceux qui poursuivaient Lucy, pas un seul ne l'aimait réellement, dès qu'il fut avéré qu'elle était imprenable, on lui fit grâce d'une cour jugée inutile, et l'on arrêta l'enquête commencée.

Le dernier mot devant rester à la médisance, on affirma que Mme du Villars était forcément sauvegardée des hommages des hommes comme il faut par un amour inavouable. Il se trouva des gens qui hochèrent la tête d'un air discret et mystérieux, et ce fut assez pour qu'on les crût dépositaires d'un secret qu'ils avaient juré de ne point divulguer.

IV

Quand vint l'époque des bains de mer, les deux familles prirent leur vol et s'abattirent sur Trouville.

Mme de Grandpré arbora des toilettes d'autant plus extravagantes, qu'un quarante-quatrième printemps venait de s'ajouter à ses quarante-trois automnes et que M. Auguste, artiste capillaire, lui faisait chaque jour observer les progrès de la décoloration de ses magnifiques tresses noires. Elle entrait dans la période de la coquetterie à outrance, dans cet âge fatidique où certaines femmes sur le retour soutiennent avec les ans une lutte héroïque, avant de s'enterrer dans les confessionnaux.

Une double aventure, qui fut répétée par tous

les échos de la plage, leur fit prématurément quitter Trouville pour les ombrages de Grand-pré.

Adrienne s'était éprise d'un caprice passionné pour un comte polonais, que des malheurs de famille obligeaient à plaquer des accords chevaleresques sur le piano du Casino — à dix francs le cachet.

Mme de Grandpré, née de Luçay, ne pouvait décemment faire le premier pas au-devant d'un artiste si illustre et si polonais qu'il fût. En vain elle avait tenté d'attirer l'attention du noble Petrowski, pendant l'exécution d'une marche funèbre pour deux pianos, qu'il jouait à lui tout seul, ce qui était une nouveauté vraiment piquante. Ses bravos et ses frais de toilette s'étaient perdus dans l'enthousiasme général.

Un jour que la mer roulait ses vagues avec assez de violence, Mme de Grandpré fut entraînée par la lame à quelque distance des autres baigneurs.

Elle voulut prendre pied et ne réussit qu'à rendre une visite involontaire à quelques crabes qui louvoyaient au fond de l'eau. Lorsqu'elle remonta à la surface, elle se mit à crier comme

7.

une possédée. Au bout d'un instant elle se sentit saisir par le fond de son costume et remorquer jusqu'au rivage.

O bonheur! ce sauveur providentiel, c'était lui! l'artiste aux deux pianos! le comte Petrowski!

La connaissance se fit sur la plage et la présentation eut lieu dans un costume peu officiel. Comme il était à la recherche d'une riche aventure, notre gentilhomme, apprenant qu'il venait de repêcher la descendante des de Luçay, accepta avec empressement l'invitation qui lui fut faite de venir prendre une tasse de thé après le concert.

La fatalité voulut que, ce soir-là, M. de Grandpré rentrât d'assez bonne heure et que la fantaisie lui prît, contre sa coutume, de souhaiter le bonsoir à sa femme.

On ne l'attendait guère et la chronique scandaleuse prétend qu'il fut témoin, malgré lui, d'une scène de reconnaissance dans laquelle, par une anomalie singulière, le sauveur était aux genoux de celle qu'il avait retirée des flots.

M. de Grandpré, reconnaissant que les premiers torts étaient de son côté, eut le bon goût de se retirer discrètement, et l'aventure fût restée secrète si la malheureuse pensée n'était venue à Lucien de se venger à sa manière.

Ce pianiste émérite était marié, et Mme Petrowska avait la spécialité des romances sentimentales, qu'elle roucoulait dans les stations balnéaires, accompagnée par son époux.

M. de Grandpré conçut l'idée plaisante d'infliger la peine du talion à son rival.

S'y prit-il maladroitement, ou les chanteuses polonaises sont-elles douées d'une dose de vertu invraisemblable? Toujours est-il que le beau Lucien en fut pour ses soupirs et qu'un matin il reçut la visite de deux Messieurs, assez piètrement vêtus, qui, se disant amis et compatriotes d'un époux outragé, vinrent lui proposer en son nom de se couper la gorge.

L'affaire n'eut pas de suites, grâce à l'intervention occulte de Mme de Grandpré, mais elle eut pour conséquence un succès de fou rire parmi les baigneurs des deux sexes.

D'un accord tacite, on résolut d'échapper par la fuite aux cancans de la plage, et, un mois plus tôt que d'habitude, le quatuor faisait une entrée solennelle en son castel de Grandpré.

Lucy éprouva un indicible serrement de cœur

en rentrant dans ce château, témoin de ses premières amours.

M. de Grandpré se faisait invisible, et, pris
d'une vocation subite pour le métier de gentilhomme fermier, il arpentait, tout le jour, ses
domaines, suivi de son inséparable gendre et
ami Gaston du Villars.

Adrienne, depuis son aventure polonaise, se
plaignait de malaises nerveux et recherchait
volontiers la solitude.

Lucy se trouva donc passablement isolée. Elle
voulut accomplir une sorte de pèlerinage aux
souvenirs qui lui parleraient du passé.

Dans cette allée ombreuse, que de fois, la
main dans la main de Gaston, n'avait-elle pas
remercié le ciel de l'avoir faite si heureuse ! Les
oiseaux, qui mêlaient leur joyeux caquetage à ce
duo d'amour, semblaient la reconnaître et la
saluaient de leurs chansons ; — là, il s'était
agenouillé devant elle, lui jurant un éternel
amour ; — voici la salle à manger, l'immense
table où, rapprochés l'un de l'autre, ils dînaient
tous deux, — le petit salon, où le piano est
encore chargé des mélodies qu'elle lui jouait, le
soir, et dont chaque mesure était coupée par un
baiser.

Elle voulut aussi revoir la chambre de Marguerite. Un vague parfum y était resté ; à terre gisait un nœud de ruban, sans doute arraché dans la lutte.

Lucy, loin de tout regard indiscret, rejeta son masque d'indifférence et fondit en larmes.

Sa résignation n'était qu'apparente ; dans cette âme froissée, la blessure mal cicatrisée se rouvrait au moindre choc.

Cette vie bruyante qui satisfait les êtres vulgaires, ces courses folles dans les bals et les villes d'eaux, ces exhibitions de toilettes, tous ces plaisirs médiocres pouvaient remplir l'existence de sa mère, ils ne pouvaient combler le vide qu'avait creusé dans la sienne la perte de son bonheur.

Un besoin d'affection, une aspiration vers des émotions inconnues, agitaient sa pensée ; une curiosité ardente l'attirait vers un horizon qui fuyait devant elle. Comme Mignon, elle pleurait une patrie absente ; elle cherchait autour d'elle et ne trouvait pas un être qu'elle pût aimer, pas un souvenir qui fût exempt d'amertume.

Enfant, elle n'avait pas connu les caresses d'une mère ; jeune fille, elle s'était donnée à un homme qu'elle avait paré de toutes les vertus, et

qui, sans pitié, avait détruit toutes ses croyances;
la seule femme qu'elle eût aimée lui rappelait
une trahison!... Vivrait-elle ainsi, attendant
que le temps, glaçant son cœur, effaçant en elle
toute trace du passé, lui permît de jouir enfin
de la paix de l'indifférence et de l'oubli? Elle
voulut donner un but à sa vie inutile. Cette
fortune, impuissante à lui rendre un bonheur
disparu ne pouvait-elle en distraire quelques
parcelles, et semer autour d'elle les bénédictions
et la reconnaissance?

A cette pensée, Lucy releva la tête, ses larmes
se séchèrent et un éclair de joie brilla dans ses
yeux. Elle serait la providence du pauvre, la fée
bienfaisante de la chaumière; puisqu'elle ne
pouvait être aimée, elle aimerait ceux qui souf-
frent, ceux qui pleurent; elle dépenserait en
menue monnaie ses trésors de tendresse qui
dormaient improductifs et, peut-être, à défaut de
son propre bonheur, serait-elle heureuse du
bonheur que les pauvres lui devraient. Elle
ne confierait pas à des mains mercenaires le
soin de distribuer ses aumônes, elle irait
elle-même, la bourse pleine d'or, chercher les
misères cachées; — des êtres poursuivis par
le fantôme de la faim, elle se ferait une

famille, — des orphelins courant pieds nus sur
les grands chemins, des enfants.

Ce n'est pas seulement dans les villes que le
peuple souffre ; certes, dans les grands centres
où les populations sont agglomérées, il est des
misères effroyables, il se joue des drames sans nom
où l'homme lutte contre le destin qui l'opprime,
où la femme tombe épuisée sous un labeur incessant, où l'enfant souffre de la faim et du froid ;
mais les campagnes renferment aussi de ces
malheureux deshérités que l'égoïsme du paysan
condamne à mourir.

Le paysan respecte volontiers le vice heureux
qui s'étale glorieusement, mais il ne pardonne
jamais une faute aux êtres faibles dont il sait
n'avoir rien à redouter, rien à espérer.

Lucy, craignant les sarcasmes de sa mère,
dédaignant de se confier à Gaston, accomplit
sans demander conseil à personne son généreux
projet. Elle ne fut pas longtemps embarrassée
pour placer ses offrandes. Il est vrai qu'elle
distribua un peu à tort et à travers, et que
plus d'un paysan madré, qui venait de faire
appel à sa pitié, riait de la crédule parisienne
en empochant gaiement une aumône super-
flue. Mais elle trouvait aussi de vraies souf-

frances à soulager, des larmes sincères à
sécher.

Un jour qu'elle allait visiter des vieillards
infirmes, elle rencontra sur la route une pauvre
fille vêtue misérablement et tenant serré sur sa
poitrine un petit enfant, beau comme un ange,
qui lui souriait.

Cette femme lui tendit la main.

Lucy s'arrêta et la regardant :

— Je ne me trompe pas, lui dit-elle, vous
vous nommez Madeleine ?

— Oui, Madame.

— Vous êtes la fille de Thomas, le fermier ?

— Sa fille. Oui.

— Et cet enfant ?

— C'est le mien, répondit Madeleine en rougissant, mais avec une intonation d'orgueil
maternel intraduisible.

— Et... vous mendiez !

— Oui, Madame, pour lui. Il n'a pas la force
de souffrir, le pauvre ange. Je ne veux pas qu'il
meure.

— Mais votre père est riche...

— Il m'a chassée.

— Je comprends... prenez cette bourse, et
ayez grand soin de ce pauvre petit.

— Jusqu'ici, il n'a manqué de rien !... mais c'est trop, Madame !

Et Madeleine hésitait à accepter.

— Non, non, prenez, vous dis-je !

Des larmes de joie vinrent aux yeux de la pauvre fille qui, saisissant la main de Lucy, la couvrit de baisers.

— Où demeurez-vous ? demanda Mme du Villars.

— Tout au bout du pays, dans cette cabane que vous voyez d'ici.

— J'irai vous voir, Madeleine, dit Lucy, bientôt !... courage !

— Vous êtes donc envoyée par le bon Dieu, Madame ?

— Oh non ! dit Lucy avec un triste sourire, il ne s'occupe pas de moi.

— Comment vous remercier ?

— C'est bien facile ! Laissez-moi embrasser votre enfant.

Madeleine s'empressa de céder au désir de sa bienfaitrice. Le petit être sourit à la jeune femme et se laissa prendre de bonne grâce.

Lucy trouvait un charme étrange à couvrir l'enfant de caresses ; elle le serra sur son cœur dans un élan passionné, puis, comme honteuse d'avoir cédé à un sentiment plus fort que sa

8

volonté, elle le remit brusquement dans les bras
de sa mère.

— A demain, Madeleine, lui dit-elle, et elle
s'éloigna vivement sans tourner la tête.

Fidèle à sa promesse, Lucy se rendit le lendemain chez sa protégée, qui la reçut lès
larmes aux yeux, étonnée et charmée d'une
visite sur laquelle elle n'osait compter. On ne
l'avait pas habituée à cette pitié généreuse : tous
ceux qui la connaissaient la repoussaient impi-
toyablement; à ses plaintes on répondait par des
injures. Toutes les maisons s'étaient fermées
devant elle; ceux auxquels elle demandait du
travail la chassaient avec mépris, et bientôt elle
s'était vue réduite à la plus affreuse misère;
son père lui-même, s'il la rencontrait, se détournait ou lui montrait le poing avec colère. Seule,
Madeleine eût depuis longtemps pris une résolution funeste et secoué le fardeau d'une vie
abreuvée d'amertume, mais elle était mère et ressentait pour cette preuve vivante de sa faute
une passion qui lui donnait la force de vivre.
Pour épargner à son enfant les souffrances de
la faim, elle faisait souvent dix lieues à pied : le
tenant serré contre sa poitrine, le réchauffant
de son haleine, elle allait mendier dans les vil-

lages éloignés, où elle récoltait quelques aumônes arrachées à grand peine à la commisé-
ration insultante des fermiers. Son orgueil se
révoltait parfois, ces oboles qu'on lui jetait avec
mépris lui brûlaient la main, car Madeleine
était fière et courageuse; mais en regardant ce
petit être qui ne vivait que par elle, elle se
disait qu'elle avait tort de se plaindre puisqu'il
lui restait cette consolation.

La misérable créature inspira bientôt un vif
intérêt à Lucy qui ne pouvait se lasser de
caresser l'enfant dont le gentil babil éveillait en
elle des sentiments nouveaux, mêlés d'une
étrange jalousie. Cette maternité, source de tant
de joies, elle ne la connaissait pas, aussi se
prit-elle à maudire et à mépriser ce Gaston qui
ne savait même pas être père.

Madeleine conta son histoire, banal et éternel
roman de toutes les filles séduites.

Elle avait aimé le bel Armand, ce don Juan
de village dont nous avons tracé le portrait au
commencement de ce récit. Elle s'était donnée
à lui parce qu'il avait juré de l'épouser, et,
comme tant d'autres, il l'avait délaissée.

— Comme vous avez dû le mépriser et le haïr!
lui dit Lucy.

— Oh ! je l'aurais tué dans le premier moment... mais j'allais être mère, et voyez-vous,
Madame, quoi qu'on fasse, on ne peut pas haïr
le père de son enfant. On a en soi quelque chose
qui se révolte, on le maudit des lèvres, on lui
pardonne au fond du cœur.

— Eh quoi ! pauvre femme ! vous aimez
encore celui qui vous a perdue ?

— Hélas ! Madame, c'est tout ce qui me reste,
à moi, mon amour et cet enfant !

— Et si vous ne l'aviez pas, cet enfant ?

— Ah dame ! je ne sais pas, moi ; peut-être
que j'aurais pu oublier... faut être mère pour
comprendre. Vous ne l'êtes pas, vous, Madame ?

— Non...

— Tant pis... il serait heureux votre enfant,
vous pourriez l'habiller comme un chérubin, lui
acheter de beaux jouets... Si vous saviez
comme c'est dur de ne pouvoir donner une joie
à ces petits êtres-là !

— Madeleine !... interrompit Lucy.

— Et puis, continua la paysanne, sans remarquer l'émotion que Lucy contenait à grand
peine, vous en parlez à votre aise. Armand, le
bel Armand, comme on l'appelle, quand on l'a
aimé, c'est pour la vie... je ne sais pas pour-

quoi, moi, mais tenez, toutes celles qu'il a en-
jolées... car je ne suis pas la seule, j'ai appris
ça plus tard, quand il n'était plus temps...
eh bien! il n'aurait qu'un mot à dire, elles
reviendraient du bout du monde... de plus
de vingt lieues! pour lui dire qu'elles l'aiment
toujours.

— Mais enfin qu'espérez-vous?

— Rien... ou plutôt si. Quand je vois le
petit si gentil, si aimable et si doux, je me dis
qu'un jour qu'il tendra les bras à son père,
Armand n'aura pas le courage de le repousser
et qu'alors, moi, — il me remerciera d'avoir
pris soin de son fils; et puis enfin, c'est lâche,
mais je l'aime!

— Vous ne le voyez plus cependant?

— Si... quelquefois, répond Madeleine en
baissant les yeux. Je sais les heures où il passe,
alors je me mets sur le pas de la porte, avec
l'enfant dans les bras, et, de temps en temps, il
entre... demain tenez, il doit venir.

Lucy donna deux baisers à l'enfant qui, devinant une amie dans cette belle dame qui lui
souriait, lui rendit ses caresses, puis elle partit
en disant à Madeleine :

— A bientôt!

8.

Elle rentra, au moment où retentissait la cloche du dîner.

Mme de Grandpré, Lucien et Gaston l'atten-daient dans la salle à manger.

Un pardon réciproque avait sans doute scellé la réconciliation des deux époux, car ils parais-saient tous deux d'une humeur charmante.

Gaston lui-même était tout épanoui. Il remar-qua que la rapidité de la course avait imprimé aux traits de Lucy une charmante animation et lui débita un compliment assez bien tourné, sur l'incarnat inaccoutumé qui brillait sur ses joues.

On se mit à table sur ce *benedicite* et Mme de Grandpré dit à sa fille :

— Ah çà ! ma chère enfant, tu joues décidé-ment dans ce pays le rôle du petit manteau bleu. On n'entend partout qu'un concert de bénédic-tions ; ce n'est pas que je te blâme, car je me souviens d'avoir pris grand plaisir à quêter pour les pauvres à la Madeleine, l'hiver dernier. J'avais une toilette... qui réellement fit sensa-tion.

— Et d'où viens-tu, petite providence ? demanda M. de Grandpré.

— De chez la Madeleine, la fille de Thomas, un de vos fermiers, mon père.

— Une des nombreuses victimes du bel
Armand, ajouta Gaston, en se versant un verre
de vieux Bourgogne.

— Tu le connais? demanda Lucien à son
gendre.

— Pas précisément, répondit celui-ci, mais
Léon de Monti m'en a dit un mot... autrefois.

— Voilà un gaillard! fit M. de Grandpré avec
conviction; il nous rendrait des points, mon
cher...

— Ce qui prouve, ajouta Gaston, qu'il n'est
pas absolument nécessaire de faire partie du
petit cercle et de s'habiller chez Renard pour
avoir des succès dans le monde.

— Prenez garde, mon gendre, vous tournez à
la démocratie, ce qui serait d'assez mauvais
goût, remarqua Mme de Grandpré, née de Luçay.

— Gaston rêve peut-être la députation, dit
en riant le mari d'Adrienne.

— Trop tôt! répondit Gaston. Plus tard, je ne
dis pas. Mais cela ne m'empêche pas d'admirer
les prouesses du bel Armand.

— Du reste, on ne parle que de lui dans tout
le canton, fit M. de Grandpré. Ce matin encore
on me racontait une aventure...

— Je demande l'aventure, s'écria Gaston.

— C'est qu'elle est un peu... court vêtue, fit Lucien. Cependant si ces dames le permettent...

— Allez donc, mon cher, dit Adrienne, vous nous faites languir.

Lucy ne répondit rien et M. de Grandpré sans se faire prier conta l'anecdote qui lui brûlait les lèvres.

Nous ne la rapporterons pas ici. Il excellait dans ces sortes de récits dont il franchissait avec adresse les passages périlleux. Une fois lancé sur cette voie, il ne tarissait plus; la biographie du bel Armand était une mine féconde dont il tira plusieurs historiettes assez habilement expurgées pour être entendues par des oreilles féminines.

Mme de Grandpré, qui avait écouté fort attentivement les contes passablement grivois que débitait son mari, fut hantée, cette nuit-là, par des songes grotesques : elle revit le bel Armand et rêva que, perché sur un cheval d'une taille colossale, il l'enlevait à des distances prodigieuses, malgré les efforts du pianiste polonais, lequel s'accrochait en vain à la crinière du fougueux coursier.

Le lendemain, M. de Grandpré partit pour aller visiter une ferme qu'il désirait acheter, afin d'arrondir sa propriété. Il devait être deux jours absent.

Après le déjeuner, Adrienne entraîna sa fille au jardin, et lui dit :

— Ma chère Lucy, j'ai beaucoup pensé à ta protégée, à cette Madeleine... je veux m'associer à tes bonnes œuvres. Dis-lui de venir au château, avec son enfant... il y a longtemps que je n'ai vu un bébé, cela me distraira. Si cette fille me plaît, je la prendrai à mon service. Que penses-tu de mon projet?

— C'est une bonne idée, ma mère.

— Quand dois-tu la revoir ?

— Bientôt, aujourd'hui sans doute.

— Je t'accompagnerais volontiers, mais je veux profiter de l'absence de M. de Grandpré pour aller jusqu'à Vierzon, où j'ai mille acquisitions à faire. Je serai de retour demain dans la matinée.

— J'irai donc seule, répondit Lucy. Je puis même vous envoyer Madeleine avant votre départ.

— Comme tu voudras, fit Mme de Grandpré qui rentra chez elle.

Lucy se rendit aussitôt chez Madeleine.

Celle-ci n'était pas seule; tandis que son

enfant jouait à terre, un homme assis près d'elle, le bras passé autour de sa taille, lui parlait à voix basse.

A la vue de Mme du Villars, la jeune femme jeta un cri de joyeuse surprise, l'homme se leva sans prononcer un mot.

Cet homme, Lucy venait de reconnaître en lui le bel Armand.

Elle lui jeta un regard furtif et se sentit rougir, car les yeux de l'amant de Madeleine, hardiment fixés sur elle, l'enveloppaient d'une fascination étrange.

Une émotion qu'elle n'avait jamais ressentie l'agita tout-à-coup. Pour cacher son trouble, elle se baissa vers l'enfant, qui, souriant, lui tendait les bras.

— Madeleine ! dit Lucy, j'ai une bonne nouvelle à vous annoncer. Ma mère désire vous voir, elle vous fera des propositions qui vous plairont, je l'espère. Venez dans une heure au château, avec votre enfant.

Puis, sans écouter les remerciements de la jeune femme, gênée par le regard d'Armand qui ne se détournait pas, Lucy s'éloigna et revint au château.

Une heure plus tard, Madeleine se présen-

tait avec son fils à la grille de Grandpré et
demandait Mme du Villars.

Celle-ci parut bientôt et dit à sa protégée que
sa mère allait descendre au jardin.

— Vous me portez bonheur, Madame! fit la
pauvre fille. Quand vous êtes partie, Armand...
vous l'avez reconnu, n'est-ce pas?... Armand a
été bon pour moi. Il m'a juré qu'il m'aimait
toujours, et que, sûrement, il m'épouserait. Vous
comprenez mon bonheur! moi, sa femme! mon
enfant ne sera pas sans nom, je pourrai relever
la tête, mon père me pardonnera... Mais tout
cela est encore un secret. J'ai promis de me taire.
Il ne peut pas mettre tout de suite son projet à
exécution... il me verra en cachette. Tenez! ce
soir, il m'a donné rendez-vous au carrefour du
loup, vous savez, à deux cents pas d'ici.

— Défiez-vous, Madeleine! cet homme vous
trompe, n'allez pas à ce rendez-vous; je suis
sûre qu'il ne tiendra aucune de ses promesses.

— Oh! Madame!... il m'aime!

— S'il vous aimait, il ne vous eût point lâche-
ment abandonnée. Ce sont de nouveaux chagrins
que vous vous préparez. Il faut prendre une
résolution, ne plus le revoir. Ne craignez rien.
Ici vous trouverez du travail, je veillerai sur

votre enfant... mais à une condition, c'est que vous vous séparerez à jamais de son père.

— Oh ! c'est impossible, Madame !

— Taisez-vous ! Voici ma mère.

Mme de Grandpré s'approchait.

— Ah ! c'est là sans doute la Madeleine ? dit-elle du bout des lèvres.

Madeleine fit une gauche révérence.

— Ma fille m'a parlé de vous. Je suis assez disposée à vous être utile. Je vous prends à mon service.

— Madame !

— Ne me remerciez pas. C'est entendu. Mais vous ne pouvez rester ainsi vêtue. Je pars dans un instant pour Vierzon, — vous allez m'accompagner. Je vous habillerai là-bas des pieds à la tête. Une fois peignée et convenablement attifée, vous aurez assez bon air.

— Excusez-moi, Madame... balbutia Madeleine, qui songeait au rendez-vous que lui avait donné son amant, je ne puis... mon enfant...

— Vous le laisserez au château. Lucy en prendra soin. Nous ne serons qu'un jour absentes. Tu joueras à la poupée, Lucy ! Cela ne t'ennuie pas?

— Non, non, au contraire.

— Il est assez gentil, ce petit, et vous le

tenez proprement. Allons! venez, ma fille; la voiture nous attend.

— C'est que...

— Plaît-il ?

— Rien, Madame. J'obéis.

Lucy était très-pâle, mais une joie singulière brillait dans ses yeux.

Quelques minutes plus tard, une calèche franchissait l'avenue, emportant Mme de Grand-pré, nonchalamment étendue, et Madeleine qui en face d'elle essuyait ses yeux pleins de larmes.

Que penserait Armand qui allait l'attendre en vain au carrefour du Loup ?

Lucy, pour cacher à l'enfant le départ de sa mère, jouait avec lui dans la salle à manger.

Quand elle eut entendu la voiture s'éloigner, ses yeux se portèrent par hasard vers une mante de paysanne, sorte de limousine grossière qui enveloppe des pieds à la tête, et dans laquelle Madeleine avait apporté son fils.

— Elle aura froid ce soir, se dit Lucy, elle a oublié son manteau...

A la tombée de la nuit, Gaston rentra de la chasse. Il était harassé et de cette humeur massacrante de tout disciple de saint Hubert qui a fait dix lieues dans les terres labourées et

rentre bredouille. Il posa son fusil dans un coin
et, se laissant tomber sur un siège, demanda
d'une voix brève qu'on lui servît à dîner.

Lucy venait de coucher l'enfant de Madeleine
dans un berceau improvisé, et achevait de l'endormir en lui chantant une chanson du pays.

Il fermait à demi les yeux, souriant à la jeune
femme.

— Qu'est-ce que cela? fit Gaston en ricanant,
nous donnons l'hospitalité aux marmots du
village...

— Veuillez ne pas parler aussi haut, dit
Lucy, il s'endort, et sa mère n'est pas là.

— Mais à qui est-il?

— C'est le fils de la Madeleine.

— Ah! ah! la progéniture de M. Armand...

Gaston accorda un regard au fils du don Juan
de l'arrondissement.

— Vous plairait-il de vous mettre à table,
ma chère? fit-il après un moment. Nous sommes
servis et je meurs de faim.

Le dîner fut rapide et silencieux. Gaston était
doué d'un appétit de chasseur dont il ne se
gênait plus pour dévoiler les grandioses proportions. Dès qu'il eut satisfait sa voracité, il
s'allongea dans un fauteuil, les pieds sur les

chenets. Sultan, son épagneul favori, vint sournoisement se coucher en travers de la cheminée, le museau dans les cendres : l'homme et le chien ne tardèrent pas à s'endormir.

Le petit ange était depuis longtemps en conversation réglée avec les chérubins ses frères; dans cette vaste salle, aux sombres lambris de chêne massif, éclairée par une lampe placée sur un dressoir, seule, Lucy avait les yeux ouverts.

Elle regardait avec une fixité singulière la vénérable horloge de bois sculpté, chef-d'œuvre du temps passé, dont le tic-tac monotone rompait seul le silence. La grande aiguille, par de petits soubresauts réguliers, sautait de minute en minute; il semblait à Lucy qu'une main invisible la poussait avec une rapidité hors de raison.

Pour échapper à cette hallucination, la jeune femme se leva, et, s'approchant de Gaston endormi, le contempla longuement.

Son idéal de jeune fille avait perdu toute auréole de poésie. Un changement notable s'était opéré peu à peu: les traits s'étaient épaissis sous un embonpoint précoce; le front n'avait plus sa noblesse rêveuse; un pli imperceptible, une ride, disons le mot, y creusait un sillon; quelques fils

argentés se mêlaient aux boucles de cette noire
chevelure, et les lèvres, un peu pendantes, se
soulevant par intervalles réguliers, laissaient
échapper un souffle sonore : Antony ronflait... !

Lucy s'éloigna et, s'agenouillant devant le
berceau, elle admira ce chef-d'œuvre de beauté
sereine qui s'étale dans toute sa pureté sur les
traits de l'enfant.

Qu'il était beau le fils de la paysanne ! Que
ses petites mains, croisées sur sa poitrine, avaient
de grâce ! Sa bouche, souriant à des rêves incon-
nus, devait être un délicieux nid à baisers pour
les lèvres d'une mère !...

Un sentiment de regret, de colère et de
jalousie implacable traversa le cœur de Mme du
Villars.

Soudain l'horloge fit entendre ce sourd gron-
dement qui précède le bruit du timbre. Neuf
heures et demie sonnèrent.

Gaston dormait toujours.

Un tison roula du feu et s'arrêta si près du nez
de monseigneur Sultan, que, réveillé par cette
chaleur inusitée, il bondit en arrière et de sa
longue queue entraîna la pincette qui tomba à
terre. Bon gré mal gré Gaston dut sortir de son
épais sommeil.

Il se leva en trébuchant, exhala un long bâillement, étira ses membres avec délices, puis, dirigeant lourdement vers la porte de la salle, sortit en jetant à Lucy ce simple mot:

— Bonsoir !

Lucy était seule, seule avec cet enfant, et dix heures allaient sonner... elle prit la mante de Madeleine, s'en couvrit à la hâte, rabattit le capuchon sur sa tête, puis, se glissant comme une ombre, elle traversa vivement le jardin et ouvrit une porte qui donnait sur la campagne.

La nuit était noire, mais à une portée de fusil, on apercevait un bouquet d'arbres : c'était le carrefour du Loup. . . . .

. . . .

. . . .

A minuit Lucy rentrait au château aussi mystérieusement qu'elle en était sortie.

Le lendemain elle s'aperçut qu'une bague ornée d'un gros saphir, qu'elle ne quittait jamais, ne brillait plus à son doigt.

FIN DE LA PREMIÈRE PARTIE.

DEUXIÈME PARTIE

I

— Ah çà, petit démon, me laisseras-tu lire mon journal ? disait en riant Gaston du Villars à un charmant bambin qui, se roulant sur le tapis, s'obstinait à vouloir grimper aux jambes de son père.

Lucy, qui travaillait près d'un guéridon, se leva vivement et, malgré les protestations de l'enfant, le prit dans ses bras.

— Eh ! laissez-le, ma chère !

— Il vous fatigue...

— Du tout, il m'amuse. C'est inouï comme je suis entré dans la peau du bonhomme. Je joue les jeunes pères avec une conviction... Qui m'aurait dit cela, il y a peu de temps encore ? Au fait, quel âge a-t-il, Maurice ?

— Vingt-et-un mois.

— C'est cela, vingt-et-un mois ! je me perds dans les dates.

— Ne deviez-vous pas sortir pour aller au ministère ?

— Oui, mais j'ai changé d'idée. Au fait, je n'irai pas au cercle non plus. A quoi bon ? Je suis si bien ici ! Je passerai toute la journée en tête-à-tête avec vous, Lucy ; nous dînerons tous les trois, en famille, le père, la mère et l'enfant ; je tourne au patriarche. Je vous consacre toute cette journée et peut-être... oui, pourquoi pas ? la soirée entière.

— Mais...

— Ne me remerciez pas. Je ne me reconnais plus. Je trouve un réel plaisir à devenir casanier et, n'étaient ces maudites élections, je crois que je ne bougerais plus d'ici. Mais ma nouvelle position de père de famille, mon nom, notre fortune, la raison qui m'est venue avec le premier cheveu blanc... j'ai quatre cheveux blancs ; je les compte, ma chère... tout enfin me fait un devoir de devenir député.

— Je suis loin de vous blâmer, mon ami, d'une ambition qui me semble toute naturelle, dit Lucy avec un imperceptible sourire.

— Je regrette seulement, continua Gaston, que les tracas de la politique m'obligent à m'éloigner de vous et de ce cher petit, l'espoir et la gloire de son père. Je me vois forcé de m'absenter trop souvent, de faire de fréquents voyages à Grandpré. Au fait, pourquoi ne voulez-vous plus m'y accompagner ? Est-ce que vous auriez de l'antipathie pour cette résidence où vous trouviez tant de charmes autrefois ?

— Le médecin vous l'a dit, l'air y est trop vif.

— Pour M. Maurice du Villars ! Heureusement que ce jeune héros acquerra à la longue les forces nécessaires pour le respirer sans danger. Quant à vendre Grandpré, comme vous m'en aviez parlé, cela est impossible. L'espoir de ma nomination repose surtout sur mon titre de propriétaire.

— Soit. Nous vendrons Grandpré plus tard... lorsque vous serez nommé.

— C'est une idée fixe ! Enfin ! Nous reparlerons de ce projet !

La porte du salon s'ouvrit toute grande alors et un valet annonça :

— M. et Mme de Grandpré !

— C'est nous ! dit Lucien gaiement. Bonjour, cher !

— Quelle charmante surprise ! fit Gaston, qui s'avança à la rencontre de son beau-père.

— N'est-ce pas que tu ne t'attendais guère à nous voir si tôt. Aussi n'est-ce pas à vrai dire précisément à vous que nous rendons visite, c'est à Monsieur ! fit de Grandpré saluant gravement le bambin dont sa femme venait de s'emparer.

— C'est épouvantable . . . . . je deviens grand'mère dans l'âme, ma chère. Comprends-tu cela, à mon âge ? fit Adrienne à Lucy qui suivait d'un œil effaré les prodiges de gymnastique qu'exécutait malgré lui le petit bonhomme. Voilà ! je ne puis passer vingt-quatre heures sans embrasser ce jeune intrus. Il est tout bonnement adorable ce marmot-là !

— N'est-ce pas qu'il me ressemble ? interrogea Gaston ; Lucy soutient qu'il n'a pas mon nez.

— C'est tout votre portrait, mon gendre, affirma Mme de Grandpré, en y ajoutant ce cachet de distinction et de noblesse qui distinguent les de Luçay. Cet enfant a de la race ! Vraiment je te trouve froide, Lucy ! On croirait que tu as peur de montrer combien tu en es fière. Moi j'en raffole ! et je le dis à tout le monde ! Je resterais des journées en contemplation ... Ah, mon Dieu ! il faut que je te quitte. Je dois me trouver à trois heures chez la vicomtesse de Verteuil : nous combinons un travesti pour le bal de samedi. Adieu, chère, à bientôt ; adieu, trésor des cieux, chérubin adoré, je reviendrai vous voir demain. Oui, il a de la race, ce gaillard-là ! Adieu ! mon gendre ; adieu ! Lucy... A propos, M. de Grandpré, vous allez avenue Marigny, comme tous les jours ?

— Mais, chère amie, qui a pu vous dire...

— N° 15, je le sais, ne faites pas le mystérieux. Vous voudrez bien me verser à l'entrée de la rue de Lille ?

— Avec grand plaisir !

— Alors venez vite. Adieu, adieu, adieu ! Et envoyant des baisers du bout des doigts avec une vivacité toute juvénile, Mme de Grandpré disparut entraînant son mari.

— Elle est étonnante, belle-maman ! elle sera encore jeune à 75 ans, fit Gaston en riant.

Lucy venait de sonner et de remettre l'héritier des du Villars aux mains de la femme de chambre.

— Vous faites emmener Maurice? Pourquoi cela? Puisque je vous affirme, ma chère...

— Il faut que je vous parle, dit Lucy.

— Il s'agit de choses graves?

— Oui et non.

— Je vous écoute.

— J'ai pensé qu'il serait peut-être utile d'avoir ici quelqu'un de confiance qui pût, à certains moments, me remplacer auprès de Maurice.

— Excellente idée qui vous permettra de revoir le monde que vous négligez un peu trop.

— Oui, mais à qui confier en toute sécurité une mission aussi délicate?

— En y mettant le prix...

— Le dévouement ne s'achète pas, répartit Lucy. Vous comprenez qu'il faudrait une personne qui me fût directement attachée par des liens d'affection, — qui remplît auprès de... notre enfant moins un devoir qu'un acte de bonne amitié.

— Je ne vois pas...

— Marguerite Vialin est justement libre en ce moment. Vous vous souvenez, n'est-ce pas?

— Oui, oui.

— Est-ce que, dit Lucy, en laissant tomber

ses paroles une à une, vous verriez... un inconvénient à ce que mon choix s'arrêtât sur elle ?

— Ma foi ! non. Pourquoi cela ?

— Enfin, cela n'aurait rien de gênant... de pénible pour vous ?

— Pas le moins du monde. Je serai ravi au contraire de témoigner à Mlle Vialin tout le... respect qu'elle m'inspire. Mais acceptera-t-elle ?

— Je l'y ai décidée.

— Ah ! vous l'avez... ?

— C'est fait.

— Alors pourquoi diable me demandez-vous conseil ?

— J'ai envoyé Pierre au chemin de fer avec la voiture ; il doit en ramener Marguerite qui est arrivée par le train de deux heures.

— Mais elle est en route pour l'hôtel !

— Certainement.

— Eh bien ! comme dit le proverbe, quand le vin est tiré, il faut le boire ; en d'autres termes, soyez sans inquiétude, j'approuve tout ce que vous faites ; je recevrai la gouvernante de Maurice avec les égards qui lui sont dus. Plus tard, mais nous avons le temps, je mettrai à exécution un plan d'éducation plus virile pour notre fils. Pour le moment, vous avez carte blanche.

Le bruit d'une voiture entrant dans la cour de l'hôtel interrompit l'entretien, et, quelques instants plus tard, Marguerite se jetait dans les bras de son amie.

Gaston fit à la jeune fille un salut froidement poli, eut le bon goût de ne lui adresser aucun madrigal et la discrétion de se retirer quelques instants après, ce qui permit à nos deux amies de se livrer sans contrainte aux épanchements de l'amitié.

— Quel bonheur de vous revoir, chère Marguerite ! disait Lucy.

— Bonheur imprévu s'il en fût, répondait Marguerite. Qui m'eût dit, lorsque je quittai Grandpré, qu'au bout de deux ans je reviendrais auprès de vous pour ne plus vous quitter ?

— Ne parlons plus de cela, c'est de l'histoire ancienne.

— Ah ! je l'avoue, j'ai eu de la peine à vous croire. Enfin je me suis laissé persuader devant vos affirmations solennelles que je pouvais, sans danger pour votre tranquillité, accepter la position que vous m'offriez. Est-ce possible, un tel changement chez votre mari ?

— Je vous jure que, de cette sotte aventure, il ne garde que le regret de vous avoir offensée.

Du reste, vous l'avez vu, y avait-il en lui la
moindre trace d'émotion, le moindre indice qui
pût vous donner ombrage ?

— Il est vrai. Ainsi il s'est amendé, il est
revenu tout à vous ?

— Ou, du moins, j'ai compris combien la
jalousie est de mauvais goût.

— Du reste il est facile de deviner le secret
de cette métamorphose. La naissance de son
fils... il n'est pas rare de voir les hommes les
plus légers devenir tout d'un coup des modèles
de sagesse..... un enfant, cela rend la raison
aux plus fous. Quel bonheur pour vous.....
presque inespéré !

— C'est vrai.

— Comme vous dites cela ! Je ne retrouve
plus cet enthousiasme qui éclatait dans vos
lettres, ces élans de tendresse maternelle qui
s'élevaient à la hauteur d'un poëme. Serions-
nous en froid avec notre fils ? Auriez-vous déjà
sujet de vous plaindre de lui ?

— Non, je l'aime ! je l'aime comme au premier jour, comme au premier baiser que je
déposai sur son front ! Mais...

— Mais ?...

— Que vous dirais-je ? Je crois rêver et parfois

je ne sais quelles pensées terrifiantes me tra-
versent la tête.

— Que voulez-vous dire ?

— Ne m'interrogez pas... Si je venais à le
perdre !

— Allons ! chassez ces noires préoccupations.
Ne serons-nous pas deux... ou plutôt trois, car
il serait injuste d'oublier son père, pour veiller
sur cette chère existence ? A propos, je ne le
connais pas, mon futur élève. Menez-moi vite
auprès de lui. Nous avons mille choses à nous
dire et nos bonnes relations dépendent de l'impression que je vais produire.

— Chère folle ! dit Lucy embrassant Marguerite, venez donc ! puis je vous installerai
chez vous.

. . . .

Il y avait certes pour Marguerite de légitimes
sujets d'étonnement. Elle ne pouvait croire à
une indifférence aussi complète de Gaston à
son égard.

La scène du pavillon de Grandpré avait laissé
dans sa pensée une impression profonde dont le
souvenir la poursuivit longtemps.

Quelque brutal, quelque agressif qu'eut été
l'amour de Gaston, le temps avait adouci le côté

terrible de l'aventure, ne laissant subsister que le fait en lui-même, la passion qu'elle avait inspirée.

Ce fut donc avec un sentiment de curiosité qu'elle se retrouva en contact journalier avec cet homme qui, dans une heure de fièvre, lui avait affirmé ne pouvoir vivre sans la posséder.

Elle chercha sur le visage impassible de Gaston une trace d'émotion; mais, avec cette science innée qui permet à la femme de découvrir les plus secrètes pensées de l'homme qu'elle observe, elle ne tarda pas à acquérir la conviction que Lucy ne lui avait pas menti.

Cette découverte, au lieu de la charmer, lui causa du dépit.

Beaucoup moins idéaliste en matière de beauté que sa poétique amie, elle jugeait les hommes plutôt avec ses yeux qu'avec son cœur. Or, chez Gaston, si l'âge, en épaississant le type, avait transformé l'archange en Apollon, il n'en restait pas moins un fort avenant gentilhomme, de bonne mine et de grand air, qui personnifiait assez complètement pour Marguerite le mortel instinctivement rêvé.

M¹¹ᵉ Vialin a 24 ans.

Elle a mené jusqu'ici l'existence murée du

pensionnat. La pauvreté lui a fait une loi du
travail; sa volonté lui a fait un devoir de l'hon-
nêteté. Mais Dieu a mis dans ce corps de jeune
vierge un sang qui bouillonne; ses nuits sont
hantées par des songes enivrants.

Marguerite essaie vainement d'imposer silence
au démon qui la tente; vainement elle appelle à
son aide le sommeil, — ses yeux voient briller
dans l'ombre comme de fauves lueurs, — des
plaintes inarticulées sortent de sa gorge aride,
elle se débat contre un fantôme qui l'étreint et
la brise.

Qui sait si Gaston, repoussé avec horreur
comme la brutale expression de la réalité, n'était
pas la première cause de cet effet, le principe
de cette souffrance, l'instigateur de malsaines
aspirations, et si la vierge chaste n'avait pas
perdu sa couronne de pureté sous le regard provocateur du débauché?

Chez Marguerite, le baiser qui brûla ses lèvres,
baiser cueilli par surprise, avait allumé un feu
qui brûlait encore; — chez Gaston, l'incendie
s'était éteint de lui-même, ne laissant qu'une
pincée de cendres.

Le désir spontané, irrésistible de violence,
n'avait eu que la durée d'un éclair; la foudre

avait grondé, puis le calme était venu, et, l'occasion manquée, Gaston n'était pas homme à chercher à la faire renaître.

La conquête de la jolie fille ne puisait son attrait que dans l'imprévu, la soudaineté de la victoire. A ce désir impétueux avaient succédé l'indifférence et l'oubli, la satiété avant la possession. Puis, faut-il le dire, au risque d'ôter tout prestige à notre héros, il avait dépensé en prodigue ce qui tient lieu de cœur à bon nombre d'hommes. Sa santé avait résisté, intacte, inébranlable; mais, n'ayant jamais ressenti l'amour de tête, il commençait à s'immobiliser devant les beautés plastiques qui seules autrefois galvanisaient cette statue d'argile.

Dans cette affection même qu'il prétendait ressentir pour le petit être qui portait son nom et dont il revendiquait la paternité, on eût trouvé moins cet enthousiasme, ce dévouement, dignes de tout respect, du père pour son enfant, que l'orgueil satisfait, l'amour-propre naïf du créateur, se croyant le droit de dire : Voilà mon œuvre! Cette chétive créature deviendra un homme, beau comme je l'ai été, comme je le suis encore!

C'était moins l'enfant adoré dont la faiblesse

inspire la tendresse passionnée, que la chose appartenant en propre, le bien qu'on a marqué de sa griffe et dont on peut dire : Ceci est à moi et à nul autre!

Blasé sur les plaisirs qui avaient rempli la moitié de sa vie, ne trouvant même plus dans le jeu d'émotions fiévreuses, depuis qu'il était assez riche pour perdre sans qu'une sueur froide vînt mouiller ses tempes, Gaston, voyant ses dieux brisés, les remplaça par l'ambition.

Cet homme, au cœur refroidi, à la tête vide, voulut être député.

Il travaillait beaucoup le département du Cher, dans lequel un siége était vacant. Il faisait de fréquents voyages à Grandpré, entretenant une correspondance suivie avec divers émissaires.

A tout prix, il voulait être populaire et, dans ce but, il s'était lié avec des fermiers, leur serrant la main, s'intéressant à leur famille, enfin ne négligeant aucune des petites bassesses à l'usage des candidats en quête de suffrages.

Il est à supposer qu'une fois nommé il se fût tenu coi, ne se mêlant qu'à titre d'unité votante aux débats parlementaires, mais il avait compris à merveille ce rôle préliminaire qui ne

demande que de la souplesse et une dose d'intelligence secondaire.

Il tenait table ouverte au château; à toute
heure du jour, la nappe était mise avec un encas
substantiel et un nombre respectable de flacons.
L'estomac complaisant du maître du logis lui
permettait de tenir tête aux convives improvisés
qui se succédaient à Grandpré.

Affectant dans sa mise ce laisser-aller plein
de désinvolture qui séduit le paysan, il partait
le matin, la main appuyée sur un bâton noueux,
le chapeau mou sur l'oreille, les grandes guêtres
montant jusqu'aux genoux, et, suivi de Sultan
qui gambadait joyeusement autour de lui, il
commençait sa tournée diplomatique.

Il croisait sur la route tous les gens du canton:
les travailleurs allant aux champs, les ouvriers
se rendant aux carrières, les paysannes poussant
devant elles le bourriquet rétif et suivies pour
la plupart de marmots mal peignés.

Mettant un nom sur toutes ces figures, le
seigneur de Grandpré avait pour tous un mot
aimable; avec les hommes une grosse plaisanterie, au besoin une poignée de main; les
paysannes étaient-elles jeunes et jolies sous leur
teint hâlé, il leur adressait un compliment à

brûle-corsage qui les faisait rougir de plaisir;
pour les vieilles il tenait en réserve une collec-
tion de plaisanteries grivoises, et pour les marmots, qui le regardaient en ouvrant des yeux
énormes, des munitions inépuisables de menue
monnaie.

Il s'était lié avec le maire, qui le guidait dans
cette campagne électorale, et dont il écoutait
avec déférence les conseils.

Cet incorruptible magistrat rural, infiniment
flatté d'être en commerce assidu et sur le pied
de l'égalité avec le plus riche propriétaire du
pays, le protégeait ouvertement et lui faisait
force réclames. Aussi Gaston, pour reconnaître
ses bons offices et s'assurer une amitié précieuse,
avait-il maintes fois scellé leur traité d'alliance
le verre en main. C'est ainsi qu'il fit la connaissance du fils de M. le maire, du bel Armand.

Ces deux hommes étaient faits pour s'entendre, et l'intimité la plus étroite ne tarda pas
à s'établir entr'eux.

Gaston n'eût pas daigné autrefois porter ses
regards sur de simples paysannes, dont la beauté
rustique et les grossiers atours ressemblaient si
peu aux dames du lac.

Le récit des aventures, les confidences au gros

sel de l'irrésistible Lovelace des champs, éveil-
lèrent un reste de curiosité dans l'âme blasée du
gentilhomme. Il dit un jour à Armand :

— Je veux en tâter aussi de vos minois
champêtres !

— Essayez, répondit Armand.

Mais il n'est pas aussi facile qu'on pourrait
le croire de réussir auprès de la gent campagnarde,
essentiellement rusée sous une apparence de
naïveté.

Telle paysanne à l'œil hardi, à la cornette de
travers, au geste provocateur, soutient sans
broncher le feu des plaisanteries les plus décol-
letées, qui devient soudain un dragon de vertu,
si, du roman dialogué, on veut passer à la pantomime.

Telle autre qui croise hermétiquement son
fichu, baisse les yeux modestement, rougissant
au moindre mot un peu vif, prenant des airs de
biche effarouchée, est beaucoup moins cruelle
qu'elle ne veut le paraître.

Gaston ne tarda pas à reconnaître combien il
était facile de se fourvoyer dans les sentiers de
la galanterie champêtre, et, après deux ou trois
aventures où il joua un rôle ridicule et n'emporta
comme souvenir que la trace des griffes avec

lesquelles la grande Adèle ou la petite Zoé avaient accueilli ses déclarations, Gaston s'avoua vaincu et le bel Armand s'offrit pour lui servir de pilote.

A certains jours, on éloignait les serviteurs sous divers prétextes et la grande salle à manger du manoir de Mme de Grandpré, née de Luçay, fut témoin de festins renouvelés de la Régence et dont les Aspasies du village furent les héroïnes. Un grand portrait de famille, représentant un ancêtre de la noble race des de Luçay en costume de veneur de Henri III, faillit, de honte, se retourner la face contre la muraille.

Ces passe-temps de grand seigneur ne faisaient point oublier à Gaston le but qu'il visait, et le bel Armand, lui servant d'agent actif, lui assurait bon nombre de voix, notamment celles de tous les maris avec lesquels il entretenait des relations amicales.

Émerveillé des progrès de sa candidature, M. du Villars se voyait déjà député.

Un jour, il dit à Armand :

— Mon cher, vous n'êtes pas fait pour la province; vous devriez venir à Paris.

— J'irais volontiers, si j'avais une place, répondit l'autre.

— Quel emploi rempliriez-vous avec plaisir ?
interrogea le futur député qui disposait en perspective des faveurs ministérielles.

— Que sais-je ? n'importe lequel. Peu de
besogne et de beaux appointements, voilà mon
programme.

— J'ai votre affaire ! s'écria, un jour, Gaston,
du ton d'Archimède trouvant la solution de son
problème. Je vais être député ; or un député doit
avoir un secrétaire sous peine d'être incomplet.
Je vous offre la place, mon cher, la table, le
logement, des appointements dont vous fixerez
le chiffre et aussi peu de travail que possible.
Est-ce dit ?

— Je demande à réfléchir, répondit Armand,
qui devint tout-à-coup sérieux.

— Réfléchir ?

— Je ne suis qu'un paysan, et entrer ainsi
dans votre famille, c'est m'exposer à des frois-
sements d'amour-propre que je ne saurais
supporter.

— Allons donc ! Vous êtes fou. Qui trouverez-
vous chez moi ? Ma femme, j'en fais ce que je
veux, elle m'adore ! — un jeune particulier
incapable, vu son âge tendre, de vous porter
ombrage...

— Vous avez un enfant?

— Oui. Je ne vous en ai jamais parlé?

— Jamais.

— Au fait, c'est possible. Il est né environ neuf ou dix mois après notre dernier séjour en famille à Grandpré, où ma femme n'a jamais voulu remettre les pieds du reste.

— Tiens! tiens! en vérité? dit Armand.

— Enfin, continua Gaston, de temps à autre nous recevons Mme de Grandpré, ma belle-mère, bonne femme au fond quand on sait la prendre.

Quant à mon beau-père, c'est un homme charmant et que nous trouverons toujours disposé pour une partie fine. Tout ce monde-là vous fera bon accueil, j'en réponds. Est-ce convenu?

— Eh bien, décidément, je vous prends au mot, j'accepte... Attendez-vous à me voir un de ces jours.

Gaston serra la main de son futur secrétaire, puis il partit pour Paris.

Comme tous les paysans, qui ne disent jamais que la moitié de ce qu'ils pensent, Armand n'avait été qu'à moitié sincère en paraissant hésiter à accepter l'offre de Gaston. Au fond, il espérait bien, en poussant M. du Villars à se

mettre sur les rangs, en se dévouant au triomphe
de sa cause, que celui-ci lui faciliterait son installation à Paris ; mais il n'avait jamais osé croire
que, de lui-même, le vicomte lui proposerait de
l'introduire chez lui.

Il se garda bien de laisser voir la joie qu'il
ressentait et voulut se faire prier, mais de peur
que Gaston ne vînt à changer d'avis, il prit la
résolution de le suivre de près à Paris.

La veille de son départ, il rencontra Madeleine.
En vain il voulut l'éviter, elle se campa au
milieu du chemin et lui barrant le passage :

— Armand ! lui dit-elle, est-ce vrai que tu
t'en vas à Paris ?

— Eh bien, quand ça serait, après ? Est-ce
que je ne suis pas libre ?

— Si, tu es libre, puisqu'on a oublié de faire
une loi qui empêche un homme de commettre
une infamie.

— Madeleine !

— Oh ! je sais que tout est fini entre nous,
depuis le jour où je ne suis pas allée au carrefour
du Loup. C'était pas ma faute pourtant, mais
tu n'as rien voulu entendre. Pour toi, j'ai refusé
de suivre Mme de Grandpré à Paris. Tu n'as pas
de cœur, Armand ! Que tu ne m'aimes plus, je

le comprends; le chagrin et la misère, ça n'em-
bellit pas une femme... Mais ton enfant! Tu
n'as donc rien là!

— Laisse-moi, Madeleine!

— C'est bientôt dit... Tu partiras sans
l'embrasser? Prends garde! Je lui apprendrai à
te maudire, et ça te portera malheur!

— Laisse-moi, te dis-je; je ne me suis que
trop occupé de toi. Adieu!

Et, se jetant dans le premier sentier venu,
Armand disparut.

La nouvelle de son départ s'était vite répandue
dans le pays; il y eut bien des larmes versées
et Armand dut faire un long détour pour
échapper à la colère des Arianes échelonnées
sur la route.

Qu'importait à Armand? Depuis plus de deux
ans une passion terrible germait dans son cœur.

Une aventure inouïe avait traversé sa vie; il
l'eût traitée de rêve et de folie, s'il ne lui en était
resté une preuve entre les mains. Et il partait
pour Paris, il allait être l'hôte de Gaston; vivant
dans son intimité, presque son égal, il verrait
chaque jour Mme du Villars, il connaîtrait cet
enfant dont la naissance éveillait en lui un
doute étrange...

— Elle croit que je ne l'ai pas reconnue, se disait-il. Elle m'accablera de son dédain, de son orgueil de grande dame, et je jouerai un rôle ridicule si je lui dis que je l'aime ... Je vaincrai à force d'audace, je ne lui laisserai le temps ni de penser, ni de se défendre. Dès le premier regard, elle comprendra que je sais son secret et qu'elle doit m'obéir.

. . . .

Gaston, installé dans son cabinet, dépouillait sa correspondance, lorsque son domestique vint lui dire qu'un visiteur disant venir du château de Grandpré demandait à lui parler. C'était le bel Armand.

Gaston s'avança à sa rencontre et lui serrant la main :

— Enchanté de vous voir, mon cher Armand. Enfin vous voici donc à Paris ! J'espère qu'à votre tour vous allez me demander un service.

— Bonnes nouvelles de là-bas, répondit le paysan. Votre affaire marche, et je viens m'installer comme votre secrétaire.

— Très-bien ! dit gaiement Gaston; votre chambre est prête et je vais vous conduire.

D'un geste il l'invite à le suivre et le guide à travers le dédale des corridors.

11.

— Marchons doucement, fait Gaston en lui désignant une porte, voici la chambre de ma femme. Elle dort.

Ils montent un étage et Gaston serre la main d'Armand en lui disant :

— Vous voilà chez vous. Je vous laisse. Si vous avez besoin de quelque chose, sonnez : Pierre est à votre service. Je retourne chez moi, j'en ai pour deux heures à écrire. Ici tout le monde est encore couché. Dans deux heures, je viendrai vous prendre.

— C'est convenu, répond Armand.

Lorsqu'il est seul, il jette autour de lui un regard de triomphe.

— Enfin ! se dit-il, m'y voici donc !... Il viendra me prendre... pour me présenter sans doute.... et je saluerai gauchement... car je ne sais pas encore faire figure dans un salon. Non ! je n'attendrai pas. Elle ne se doute pas encore de ma présence ici, c'est à moi de la lui apprendre.

Il ouvre doucement la porte, un épais tapis assourdit le bruit de ses pas.

Il hésite ; retrouvera-t-il le chemin qu'il a déjà parcouru ? Il craint à chaque pas de rencontrer quelque valet qui l'interrogera, mais le

hasard le sert, il se trouve au premier étage
sans avoir rencontré âme qui vive.

Voici la porte que lui a désignée Gaston...
si elle était fermée! si au bruit quelqu'un accou-
rait!... par deux fois il met la main sur la
serrure et s'arrête. Enfin la clef tourne, la porte
cède et lui livre passage.

Il entre ... sa main rencontre un verrou
qu'il pousse. Plongé dans une demi-obscurité,
il entrevoit vaguement une chambre meublée
avec luxe; au fond, une fenêtre dont les
rideaux hermétiquement fermés interceptent
le jour; sur une console brûle une petite
lampe dont le globe dépoli tamise la pâle
clarté; à gauche, le lit où repose Mme du
Villars.

Il aperçoit dans un flot de dentelles comme
une adorable apparition.

Les cheveux dénoués, la poitrine à demi découverte, Lucy a fait à sa tête allanguie par le
sommeil une couronne de l'un de ses bras,
tandis que l'autre pend hors du lit.

Ses lèvres entr'ouvertes laissent voir une
double rangée de perles, les longs cils de ses
yeux fermés estompent une ombre sur ses joues,
où de petites veines bleues dessinent sur la

chair, d'une chaude pâleur, des lignes imperceptibles.

On sent qu'au moindre bruit cette statue va s'éveiller, radieuse de jeunesse et de beauté. Armand, immobile, en extase, retient son souffle, tandis qu'un flot de sang empourpre ses joues... Tout-à-coup Lucy fait un mouvement, ouvre les yeux, et, voyant cet homme debout au milieu de sa chambre et projetant sur elle un regard ardent, elle s'accoude croyant rêver.

Elle veut parler... la voix s'arrête paralysée par l'épouvante. Armand met un doigt sur ses lèvres et sans la quitter du regard s'approche lentement.

— Qui êtes-vous? Que voulez-vous? parvient enfin à dire Lucy.

— Tais-toi, dit Armand à voix basse. Voilà deux ans que j'attends ce moment. Tiens! regarde cette bague!

Lucy recule avec terreur, les mains croisées sur sa poitrine, les yeux démesurément ouverts. Armand s'avance toujours.

Elle veut appeler, mais il est trop tard, la voix expire dans sa gorge, un nuage de feu passe devant ses yeux; elle étend les bras pour repousser ce fantôme qui l'enlace.

Pas un mot n'est prononcé... Vaincue elle cesse de lutter, et sa tête retombe sur l'oreiller.

. . . .

Gaston terminait sa cinquième lettre; il se leva alors et se dit:

— J'oubliais que j'ai un secrétaire! Il faut que ce garçon me serve à quelque chose.

Il monta lestement et frappa chez Armand.

— Entrez! répondit une voix joyeuse.

— Nous avons une heure à nous avant le déjeuner, s'écria Gaston, venez travailler, mon cher secrétaire!

II

Lorsqu'au déjeuner Gaston présenta son nouveau secrétaire, Lucy ne baissa pas les yeux, et son regard fixe dévora le visage d'Armand.

Un sentiment nouveau venait de s'éveiller en elle. Cet homme, ce rustre lui avait fait découvrir des sensations inconnues; à partir de ce moment, devenue son esclave, elle se soumettrait à lui au moindre signe.

Étrange amour dont la plus pure ne saurait se garantir, amour inconscient où les sens surpris dominent en maîtres, où la matière triomphe de l'esprit, âcre volupté mêlée de souffrance, délire plein de remords. La femme cède au vertige qui l'attire, et du fond de l'abîme elle se relève parfois, mais brisée, souillée à jamais par

les honteux souvenirs d'une lutte que presque
toujours son âme a réprouvée.

Par quelles chutes successives Lucy avait-
elle brisé ses ailes d'ange?

Se voyant incomprise, dédaignée par ce mari
vulgaire qu'elle jugeait enfin tel qu'il était réellement, fille d'une mère frivole, d'un père aussi
nul que son mari, Lucy, jetant les yeux autour
d'elle, comme le naufragé perdu sur l'Océan
cherche anxieusement une voile à l'horizon, ap-
pela d'un cri désespéré la maternité à son secours.

Si Dieu lui eût accordé la fécondité légitime,
si cette association de deux êtres si peu faits
l'un pour l'autre eût donné la vie à un enfant,
son âme se serait retrempée à cette source pure;
à défaut d'amour, elle eût accordé à Gaston ce
respect involontaire, cette reconnaissance qu'aucune femme ne refuse au père de son fils.

Dieu ne le permit pas.

Ce désir devint une obsession nourrie par un
concours fatal de circonstances, et pas une
main amie ne se tendit vers elle, pas une voix
ne la conseilla, lui enseignant qu'en dehors de
toute félicité il reste encore l'espérance.

Un sentiment dont la source était pure la
conduisit tout droit à une infamie.

Elle croyait qu'un mystère impénétrable enve-
lopperait au moins cette maternité qu'elle devait
à un crime, lorsqu'elle se trouva tout-à-coup
face à face avec son complice qui l'ayant devinée
lui dit:

« Tu n'as plus le droit de me rien refuser, je
t'aime, et cet amour, c'est toi qui l'as fait
naître. »

D'abord l'épouvante glaça son cœur. Puis,
sous les caresses de cet homme qu'elle eût voulu
étouffer dans ses bras, un feu étrange s'alluma
dans ses veines : la femme s'éveillait; elle le
haïssait, le méprisait, et cette haine, ce mépris,
ce dégoût se doublaient d'amour. Expiation
inattendue !

Son âme se révoltait, se tordait sous la
douleur et la honte, mais elle appartenait à
cet homme de toute la puissance d'une horrible
fascination.

Pouvant à peine se contenir, Lucy rougissait,
pâlissait à sa vue; sa volonté anéantie la rendait
irresponsable et elle se fût mille fois trahie si le
rusé paysan n'eût compris qu'il devait à tout
prix éviter de se rencontrer avec elle devant des
tiers.

Par un sentiment qu'elle n'essayait pas d'analyser, Mme du Villars éloignait son enfant avec un soin jaloux des regards et des caresses de son amant.

Elle avait cru voir les yeux d'Armand s'attacher sur lui avec une fixité singulière, un sourire se dessiner sur ses lèvres, et, comme il se baissait pour prendre l'enfant et le caresser, elle le lui arracha brusquement des bras.

Depuis ce jour le petit Maurice devint invisible.

Assez indifférent, Armand, qui se souciait peu d'endosser cette responsabilité, se tint sur une réserve calculée, et Lucy lui sut gré de ne pas provoquer une confidence à laquelle elle eût répondu par une dénégation absolue, bien que cet aveu fût la seule excuse de sa faute.

Le bel Armand, à cent lieues de se douter à quelle déviation de sentiments il devait sa bonne fortune, l'attribuait de bonne foi à son seul mérite.

Grâce à sa prudence, le secret de ses relations avec Lucy fut bien gardé.

Seul, peut-être, Gaston, pour lequel la jeune femme éprouvait maintenant un dégoût qu'elle ne songeait même pas à voiler, aurait pu ouvrir

les yeux, mais sa nouvelle passion pour la politique l'absorbait tout entier.

Marguerite elle-même, dont l'arrivée coïnci-
dait avec celle d'Armand, ne s'apercevait de
rien.

Intelligente et fine, la belle fille aurait bientôt tenu dans sa main tous les fils de cette
intrigue, si son attention n'eût été détournée
des deux acteurs du drame au profit d'un seul.

Les vagues désirs qui s'étaient assoupis devant
l'indifférence de Gaston, trop évidente pour être
jouée et que rien du reste ne venait démentir,
s'étaient réveillés plus cuisants depuis l'arrivée
du nouveau secrétaire.

Il est des hommes qui ne savent regarder
une femme sans que leur regard ne soit une
interrogation muette dont le sens se devine ai-
sément.

Notre Lovelace avait pris l'habitude de cette
pantomime expressive qui lui abrégeait les trois
quarts du chemin.

Peu fait pour le marivaudage, il adressait à
tort et à travers ses œillades provocatrices, et,
ses nombreux succès l'enhardissant, il se per-
suadait qu'il n'était au monde de moyen plus
infaillible pour arriver au but que de sauter à

pieds joints par-dessus les préliminaires sans s'arrêter aux bagatelles de l'amour.

Il essaya donc sur Marguerite la puissance de son regard dès le premier jour qu'il fut en sa présence. La jeune fille ne baissa pas les yeux.

Armand renouvela l'expérience et ne tarda pas à comprendre qu'il pourrait ajouter cette nouvelle conquête à sa liste déjà si longue. Ce n'était plus qu'une question d'occasion.

Bien décidé à profiter du premier hasard qui lui livrerait cette victime, il ne se donna même pas la peine de se montrer galant et empressé avec la jeune fille.

Sûr de la victoire, il attendait patiemment l'heure du berger.

Il n'attendit pas longtemps.

Lucy, sujette à cette exaltation nerveuse qu'une existence troublée portait à son paroxysme, tomba assez sérieusement malade pour être forcée de garder le lit.

Le futur député sortait généralement après le dîner, ce qui laissait en tête-à-tête Armand et Marguerite.

Un soir qu'ils étaient seuls ainsi, Armand se leva et se mit à marcher dans la chambre sans prononcer un mot. Marguerite, un peu pâle, suivait du coin de l'œil ses moindres mouvements.

S'arrêtant brusquement derrière elle, Armand enlaça tout-à-coup la jeune fille dans ses robustes bras et colla ses lèvres sur les siennes dans un long baiser.

Marguerite ne jeta pas un cri, elle rajusta sa coiffure qui venait de se dénouer et alla s'enfermer chez elle.

Armand, resté seul, se regarda complaisamment dans la glace, choisit avec grand soin un cigare dans une boîte de purs havanes où il puisait sans scrupule et s'en fut pendant une heure se promener sur le boulevard.

. . . .

Le lendemain, à la pointe du jour, un homme sortait de la chambre de Marguerite.

. . . .

Si notre héros ne remporta pas une troisième victoire, ce ne fut certes pas la faute de Mme de Grandpré, née de Luçay, et nous devons nous hâter de porter cet acte méritoire au compte peu chargé de ses belles actions.

La mémoire toute fraîche de certaines anecdotes racontées avec force réticences par Lucien,

la belle Adrienne fut enchantée de lier connaissance avec cette personnalité si appréciée des
nymphes du bois de Grandpré.

Ayant trouvé notre Armand à la hauteur de
sa réputation, elle se mit incontinent à l'assas-
siner d'œillades que, soit dédain, soit vertu, il
n'accueillit que par une fin de non recevoir.

Comme le loup de la fable, la noble dame
cherchait toujours aventure ; s'apercevant que
les regards langoureux et les tristes soupirs
qu'elle adressait au plafond n'étaient pas capa-
bles de séduire le bel enfant des champs (c'est
ainsi qu'elle l'appelait), elle eût volontiers pris
une houlette et mené en laisse un mouton enru-
bané pour lui faire illusion. Mais cette bergère
surannée en fut pour ses frais de coquetterie.

Devenue prudente depuis son aventure de
Trouville, Mme de Grandpré, dès que son regard
se croisait avec celui d'Armand, mettait aussitôt
le doigt sur ses lèvres pour lui recommander un
secret trop facile à garder. Elle poussa la
cruauté jusqu'à exiger d'Armand qu'il écrivît
quelques vers de sa façon sur un registre *ad hoc*
qu'elle exhibait sournoisement et présentait tout
ouvert aux mortels infortunés soupçonnés par
elle de cultiver la muse Érato.

12.

— D'un homme d'esprit comme vous, je n'admets pas d'excuse, dit-elle à Armand, et celui-ci, pris au piége et se sentant observé par Lucy, ne put esquiver le coup. Il prit bravement l'album, se disant non sans raison que, n'ayant jamais essayé, il savait peut-être aussi bien qu'un autre aligner quelques rimes.

La muse rebelle se refusant à lui rien dicter, il allait s'avouer vaincu, lorsque, par une inspiration qui ne manquait pas d'à-propos, il écrivit une ligne de points au-dessous desquels il mit sa signature ornée d'un superbe paraphe ayant une lointaine ressemblance avec un casque romain.

Mme de Grandpré parut flattée et témoigna par un sourire qu'elle avait compris ce que n'avait pas osé transcrire son trop discret adorateur.

Malheureusement le roman n'eut pas de second chapitre, et Adrienne dut se résigner à ne figurer qu'à titre d'aspirante sur le panthéon galant du secrétaire de son gendre.

. . . .

A côté de la comédie se jouait un drame poignant.

Ayant perdu toute estime d'elle-même, Lucy

se livrait avec une violence qui tenait du désespoir à la passion qui l'entraînait. Ne pouvant
se contraindre, elle se jetait tête baissée au-
devant du danger, et, sentant la terre trembler
sous ses pas, elle semblait la défier de l'en-
gloutir.

Vingt fois elle fut tentée de crier à Gaston :
« Tu ne devines donc rien ? — Le déshonneur
est écrit sur mon front cependant. Ce nom que
tu m'as donné, je le traîne dans la honte ; rien
de moi ne t'appartient, ni mon cœur que tu as
tué, ni mon corps que j'ai souillé. Cet enfant
même, dont tu sembles si fier, n'est qu'un bâtard.
A défaut d'amour, tu m'accordais ton estime.
Sache donc ce que je suis. J'ai un amant ! Et
parmi ceux qui m'entourent, j'ai choisi l'être le
plus vil. Venge-toi donc ! et que ta colère me
débarrasse de ce fardeau qui est ma punition ! »

Mais Gaston ne devinait rien.

Quant à Marguerite, une fois sortie du droit
chemin, elle portait légèrement le deuil de sa
longue virginité. N'entraînant qu'elle dans sa
chute, elle était en somme plus excusable que
Lucy. Sa beauté s'épanouissait radieuse; une
élégante simplicité, une recherche étudiée de ce
qui pouvait rehausser aux yeux de son amant le

charme de sa vivace nature, une chaste impu-
deur, dirions-nous, paraient cette belle fille d'un
attrait nouveau.

Un éclat plus vif brillait dans ses yeux et ses
lèvres souriantes semblaient vouloir dire à tout
venant :

— Regardez comme je suis heureuse !

Ce muet langage était plus à la portée de
l'intelligence étroite d'Armand que les effrayants
transports de Lucy et ses sombres regards
chargés d'autant de haine que d'amour.

Après le premier moment d'ivresse, après la
joie d'un triomphe si flatteur pour son amour-
propre, une réaction s'était opérée chez Armand.

Il regrettait déjà de s'être engagé dans une
intrigue dont le dénouement l'inquiétait quelque
peu.

Il n'était point brave et c'était le moindre
défaut de ce bellâtre si hardi avec les femmes.

La perspective de se trouver inopinément en
face d'un mari outragé, lui demandant compte
de la façon dont il entendait l'hospitalité,
faisait courir sous son épiderme de petits fris-
sons de peur anticipée.

Avec Marguerite, au moins, rien de tout cela
n'était à craindre, et il regrettait amèrement

qu'elle ne fût pas riche, car il eût daigné peut-
être lui donner son nom.

Or, le seul attrait qui manquât à cette charmante fille, c'était une dot, et, pour rien au
monde, il n'eût consenti à épouser, uniquement
pour ses beaux yeux, la plus belle fille du
monde.

Fort inquiet de l'issue de son aventure avec
Lucy, il essayait de donner à la jeune femme
des leçons de dissimulation, mais elle se con-
tentait de sourire et de répondre : Qu'importe ?

Il importait beaucoup au bel Armand de
n'être point découvert, et il mettait, à sauve-
garder l'honneur de sa maîtresse, un empressement d'autant plus vif que sa propre sécurité
était en jeu.

Désespérant de rendre Lucy plus prudente
et gêné par les fréquentes visites de Mme de
Grandpré qui, tout en chassant pour son compte,
pouvait fort bien débusquer le gibier d'autrui,
Armand conseilla à Gaston de partir pour
Grandpré. Les élections devaient avoir lieu en
octobre, un mois n'était pas de trop pour ce
qu'on appelle, en langage électoral, les ma-
nœuvres des derniers jours.

A la stupéfaction de M. du Villars, Lucy

n'opposa aucune résistance quand son mari
parla d'une prochaine installation dans leur
château.

— Voilà bien les femmes! dit-il à son secrétaire; elle ne voulait plus entendre parler de
Grandpré, aujourd'hui elle paraît joyeuse d'y
retourner.

Armand partageait cette satisfaction, car il se
disait qu'à la campagne, la liberté étant plus
grande, il pourrait cacher longtemps les infidé-
lités qu'il faisait à chacune de ses maîtresses.

Il s'agissait, en effet, non-seulement d'empêcher Gaston de découvrir son infortune
conjugale, mais il fallait encore sauver la
situation en cachant à ces deux femmes qu'il les
trompait l'une pour l'autre.

Tout alla bien d'abord; mais de vagues soup-
çons ne tardèrent pas à naître dans l'esprit de
Lucy.

L'expression de bonheur répandue sur les
traits de Marguerite, cette coquetterie inaccou-
tumée, cette transformation qui s'opère chez
toute fille que le souffle de l'amour a touchée,
n'échappèrent pas à l'observation nerveusement
inquiète de Mme du Villars.

Un jour, elle surprit un regard plein de

passion que Marguerite lançait à son amant. Ce
fut un commencement de révélation. Elle pensa
que Marguerite s'était éprise du bel Armand, ce
qui lui sembla chose assez naturelle, mais elle
n'accusa pas encore celui-ci de trahison.

Cependant, désormais sur ses gardes, elle
observa leurs moindres gestes, interpréta leurs
paroles, intercepta leurs regards, cherchant à
lire dans leurs pensées.

Chaque jour, le doute entrait plus cruel en
son cœur, et bientôt, nouvelle torture, une
atroce jalousie vint lui mordre le cœur.

Elle apprit à mentir et, armant sa bouche du
même sourire, éteignant dans ses yeux l'éclair
de la colère, elle résolut de les surprendre.

Un jour qu'ils se croyaient seuls, à l'abri de
toute oreille indiscrète, Armand demanda à Marguerite un rendez-vous pour la nuit prochaine, et
Lucy, cachée derrière un rideau, entendit ou
plutôt devina la réponse de Marguerite au mouvement de ses lèvres.

Il était donc vrai et cette nouvelle honte lui
était réservée!

Tout le sang de la malheureuse femme reflua
vers son cœur; par un effort suprême de volonté, tant que Marguerite fut là, elle se tint

debout, puis, lorsque la jeune fille eut disparu, Lucy tomba évanouie sur le tapis.

Une heure plus tard, le hasard les réunissait tous les trois. Lucy rivalisa de gaieté avec Marguerite, évitant de rencontrer le regard d'Armand qui ne devina pas la souffrance inouïe que cachait son sourire.

Gaston n'était pas au château; plus le moment des élections approchait, plus il se faisait invisible chez lui. Depuis deux jours, il avait entrepris une tournée électorale et devait être en ce moment à cinq ou six lieues de là.

Après le dîner, auquel firent largement honneur Armand et Marguerite, doués tous deux de l'appétit de gens heureux, on passa au salon et Lucy pria son amie de se mettre au piano.

Mlle Vialin ne se fit pas prier; elle possédait une voix splendide, d'une grande étendue, d'un timbre sympathique et passionné.

Elle chanta quelques-uns de ces airs de bravoure des maîtres italiens, qui mettent si prodigieusement en relief les trésors d'une voix féminine. Armand, assez indifférent d'ordinaire aux charmes de la musique, que volontiers, comme un critique célèbre, il eût traitée de bruit plus désagréable qu'un autre, se laissait entraîner par le rhythme et marquait la mesure avec sa tête, signe d'une satisfaction évidente.

A la prière de Marguerite, Lucy chanta à son tour; sa voix grave et sérieuse se pliant mal à ces brillantes vocalises, elle choisit une mélodie triste et rêveuse, et la douleur qu'elle ressentait imprimait à son chant un tel caractère de grandeur que Marguerite jeta un long regard sur Mme du Villars comme pour y trouver le mot d'une énigme.

Le bel Armand ne battait plus la mesure; il semblait s'ennuyer prodigieusement.

A minuit, le château était plongé dans le silence : tous ses hôtes paraissaient dormir du plus profond sommeil. Cependant à cette heure-là Marguerite prêtait une oreille attentive au moindre bruit, et le bel Armand sortait de chez lui marchant doucement, car il devait passer devant l'appartement de Lucy pour se rendre chez sa maîtresse.

Quelque précaution qu'il prît, il fut sans doute entendu, car la porte de la chambre de Mme du Villars s'ouvrit aussitôt et celle-ci, s'effaçant le long de la muraille, suivit le jeune homme dans son expédition nocturne.

Lorsqu'elle eut vu la porte de la chambre de

13

Marguerite se refermer, Lucy rentra chez elle. Secouée par la fièvre qui faisait trembler ses membres, elle se jeta dans un fauteuil, et, la tête dans ses mains crispées, les yeux grands ouverts, sans larmes, elle resta ainsi jusqu'au jour.

Quelles pensées obsédèrent son âme troublée, quelles résolutions insensées traversèrent sa tête en feu, quels conseils la jalousie souffla-t-elle à son oreille? Comment put-elle résister à la tentation d'aller surprendre les deux amants, de troubler, par son apparition, leur enivrant tête-à-tête?

. . . .

. . . .

Les oiseaux cachés dans les grands arbres saluaient l'aurore de leurs chansons matinales, l'horizon s'irisait sous les premiers feux du soleil... la lampe de Lucy venait de s'éteindre... Mme du Villars, secouant cette torpeur accablante, se leva et, toute frissonnante d'une nuit d'insomnie, descendit au jardin.

L'air était vif; un vent glacé, soufflant sur son front brûlant, soulevait les boucles de ses cheveux; Lucy ne s'apercevait pas que ses dents claquaient de froid; elle foulait d'un pas indécis le sable des allées.

Au détour d'un sentier, une voix fraîche, jetant à la brise les notes perlées d'une chanson italienne, vint frapper son oreille.

Mme du Villars, s'arrêtant, se trouva face à face avec Marguerite qui, fidèle à ses habitudes, courait dans le parc depuis le lever du soleil et glanait dans les massifs une moisson de fleurs.

— Déjà levée, ma chère Lucy ! s'écria Marguerite avec un éclat de rire argentin, bravo ! nous achèverons ensemble ce bouquet pour votre jardinière, mais... fit-elle tout-à-coup, frappée de l'altération des traits, de l'effrayante pâleur de Lucy, qu'avez-vous ? Vous êtes malade ! Quelle imprudence ! Venir ainsi, toute tremblante de fièvre, au jardin ! Rentrons vite, de grâce !

— Oui, venez, j'ai à vous parler, répondit Lucy d'une voix brève.

Mlle Vialin, étonnée, la suivit sans répondre.

— Vous êtes une misérable ! s'écria brusquement Lucy, quand elle se fut enfermée dans sa chambre avec Marguerite.

La jeune fille fit un pas en arrière.

— Vous n'étiez pas seule la nuit dernière.

— Moi !

— Ne niez pas. Je sais tout.

— C'est vrai, dit Marguerite cachant son visage dans ses mains.

— Vous l'avouez donc !

— Que puis-je faire ?

— Vous allez quitter cette maison.

— Oui, mais ne me pardonnerez-vous pas ? Je suis coupable, mais j'aime cet homme avec passion !

— Et lui ?

— Lui ! oh ! il m'aime. Je suis sûre de son amour, et si je pars, il me suivra.

— Vous suivre ! eh bien !... et moi ?

— Vous ! s'écria Marguerite regardant Lucy en face.

— Oui, moi ! dit celle-ci sans baisser les yeux ; sachez que, moi aussi, je l'aime, et qu'il est mon amant.

— Votre amant !

— Allons, partez, je vous chasse ! Quant à lui, il restera.

— Partir ! non, non, n'y comptez pas, s'écria Marguerite. Ah ! vous êtes ma rivale ! Soit, nous verrons qui de nous deux l'emportera. Dussé-je me perdre avec vous, j'accepte la lutte. Je vous défie de me chasser, maintenant que je connais votre secret. Je suis libre d'aimer, moi ; m amour n'est qu'une faute, le vôtre est un crime.

Il y avait une telle décision dans ces paroles, un tel accent de résolution, que Lucy comprit, mais trop tard, qu'elle venait de se livrer à la merci d'une femme dans le cœur de laquelle la passion étouffait toute pitié.

— Bien ! dit-elle, restez, si bon vous semble, jusqu'au jour où, pour vous épargner une dernière infamie, je me dénoncerai moi-même. Mais si je ne puis la chasser, Mlle Vialin se souviendra du moins qu'elle est à mon service et que je la paie. Sortez !

— Prenez garde, Madame, répondit froidement Marguerite ; une femme adultère ne sait jamais si elle se réveillera le lendemain au foyer conjugal. Si faible qu'il soit, M. du Villars peut se redresser terrible, implacable devant l'outrage.

— Allez donc tout lui dire, je vous en remercierai.

— Il dépendra de vous que je garde le silence, répliqua Marguerite qui sortit sur cette menace.

Entre ces deux femmes, ce fut désormais un combat sans trève ni merci, une lutte sans générosité, où chaque adversaire cherchait à agrandir avec ses ongles la blessure de sa rivale.

La haine qui les animait l'une contre l'autre

13.

prenait sa source dans un sentiment qui exclut toute idée de sacrifice.

L'amour basé sur l'estime peut seul inspirer cet effacement de soi-même, cette abnégation qui permet d'oublier sa propre douleur devant une rivalité heureuse, et de trouver une dernière consolation dans le bonheur assuré de l'être aimé. Mais toutes deux cédaient à la même surexcitation maladive et nerveuse qu'on ne saurait décorer du nom d'amour, et, rougissant de leur folie lorsqu'elles avaient des moments lucides, elles se maudissaient elles-mêmes et se prenaient à haïr celui qui les entraînait.

Le pouvoir mystérieux qu'exerçait cet homme était comme cette tunique de Nessus que le fils d'Alcimène ne pouvait quitter sans arracher des lambeaux de sa chair. La pensée de ne plus être à lui faisait naître en leur cœur un farouche désespoir, et le vide que creuserait dans leur existence la fin de cette ivresse, qui ne laissait derrière elle que le regret et la honte, leur causait une indicible terreur.

Marguerite avait dit vrai; elle était libre et si dans la lutte elle pouvait se perdre, rien ne l'empêchait du moins de combattre à visage découvert.

Lucy avait les mains liées.

Devant son mari, il fallait, sous peine d'éveiller une curiosité dont le résultat pouvait être fatal, ne rien changer dans ses rapports avec Marguerite, lui accorder ostensiblement la même confiance, vivre comme autrefois avec elle sur le pied de l'intimité, éteindre le feu de son regard, mettre en un mot sur son visage un masque impénétrable.

Lucy trouva dans sa haine la force de se contraindre et joua en comédienne habile son rôle, tissu de fourberie et de mensonges.

Elle avait dit à Mlle Vialin : — Vous êtes à mon service, vous devez m'obéir, car je vous paie.

Ce n'était pas une vaine parole, et bientôt elle le lui fit comprendre.

Elle éprouvait une joie cruelle à faire sentir à sa rivale le joug de sa dépendance; l'amie d'autrefois n'était plus pour elle qu'une femme à gages. L'accablant de travaux, elle trouvait le mot blessant dans ses observations, son froid sourire était une insulte.

L'orgueil de Marguerite se cabrait sous le dédain, mais plutôt que de céder la place, elle se résignait à tout supporter, obéissant comme l'esclave obéit au maître, accomplissant la tâche imposée comme si elle eût voulu défier Lucy de lasser sa patience.

Le but poursuivi par Mme du Villars était de rendre impossible tout rapprochement entre les deux amants. Par des prodiges d'intuition, elle devinait les rendez-vous demandés et promis et trouvait alors mille prétextes pour garder Marguerite à portée de sa surveillance.

Lucy en cela commettait une faute grave, elle dépassait le but qu'elle voulait atteindre.

Le cœur de notre moderne Joconde réservait une part égale à la brune Lucy et à la blonde Marguerite, mais il se sentit pencher en faveur de cette dernière, lorsque les obstacles se dressèrent devant lui et qu'il ne put voir que Lucy.

Il se refroidit visiblement pour celle-ci et chercha les moyens de se rapprocher de Marguerite. Ces deux volontés combinées devaient triompher. Déjouant toute surveillance, ils réussirent à se revoir.

Dès les premiers mots, Marguerite lui apprit ce qui s'était passé.

La fatuité de cet homme était si grande, qu'il ne chercha même pas à pallier sa trahison.

— Tu me trompes! lui dit Marguerite. Écoute,

Armand! Je ne sais pas mentir, je t'ai aimé et je te l'ai dit ; je ne t'aimerais plus demain, je te le dirais encore. Mais si, pour être à toi, j'ai tout sacrifié, j'ai le droit de prétendre au moins à un amour sans partage.

— Bon ! ne vas-tu pas être jalouse du passé ? Je ne t'ai pas caché qu'avant de te connaître...

— Il ne s'agit pas du passé, Armand, mais du présent. Tu es l'amant de Lucy !

— Qui t'a fait ce conte bleu ?

— Elle-même. Elle me l'a dit en face.

— La sotte !

— C'est là toute ta justification ? C'est donc vrai ? Ah ! j'espérais encore qu'elle m'avait menti !

— Allons, tu veux la vérité ? La voici. Si l'une de vous deux a le droit de se plaindre, ce n'est pas toi, Marguerite, car avant de te connaître j'étais déjà l'amant de Lucy.

— Mais c'est infâme ce que tu as fait là !

— Ma chère, en matière d'amourettes, l'infamie est chose discutable.

— Crois-tu donc que je consentirai à cet odieux partage ?

— Cela vous regarde, ma chère.

— Tu ne rompras pas avec Lucy ?

— Rompre! C'est bientôt dit. D'abord elle
est folle de moi, et puis, il s'est passé entre
nous des choses... est-ce que vous trouvez que
le petit Maurice ressemble autant à Gaston que
sa grand'mère le prétend?

— Que dis-tu?

— Rien. Je dis seulement que je ne puis
abandonner Lucy.

— Cet enfant...?

— Eh! laissons-là l'enfant! Je sais ce que je
sais... Mme du Villars a pour elle une position
acquise auprès de moi par des sacrifices qui
valent bien les tiens... sans en médire. Quand
l'heure sera venue, je la quitterai peut-être
comme j'en ai quitté bien d'autres, mais pour
l'instant c'est impossible. J'ai des ménagements
à garder envers elle.

— Armand! je ne vous reverrai de ma vie!

— Comme tu voudras... Adieu, alors.

Et le paysan enveloppa la jeune fille d'un
long regard.

Marguerite oublia mépris et colère, et tomba
sans force dans les bras de son amant.

— Eh bien, non! je suis folle, je suis lâche,
car je ne puis renoncer à toi! lui dit-elle.

— Je savais bien que tu serais raisonnable.

Allons, ma belle Marguerite, c'est toi seule que
j'aime !... un jour, bientôt peut-être, je quitterai
Lucy et je serai tout à toi ; mais plus de ces sottes
querelles... tu es belle, plus belle que Lucy...

Armand appuyait son plaidoyer de baisers
brûlants, sous lesquels la pauvre fille perdait le
peu de raison qui lui restait. Que lui importait
ce que disait Armand? Elle entendait à peine
ses paroles et, buvant à pleines lèvres à la coupe
empoisonnée du plaisir, elle ne songeait pas
qu'elle faisait un pas de plus dans la route du
désespoir.

Quant au bel Armand, qui, comme tout bon
séducteur, était toujours maître de lui, il eut
avec lui-même, quand Marguerite l'eut quitté,
un long et sérieux entretien.

— Où tout cela va-t-il me conduire? se
demanda-t-il. Me voilà bel et bien deux femmes
sur les bras, qui se sachant trahies se partagent
mon amour, et dont il va falloir tour à tour
calmer la colère. Ce n'est pas après tout la première fois que pareille aventure m'arrive, mais
jusqu'ici, je n'ai eu affaire qu'à de pauvres filles
qui n'opposaient à mon abandon qu'un déluge
de larmes... Une grande dame, c'est toute autre
chose... Quand je pense que ce Gaston du

Villars, si infatué de son titre, avec ses préten-
tions de futur homme d'État, est bafoué par
moi... que cette femme élevée dans le luxe, la
fille de Mme de Grandpré, m'a comparé à son
imbécile de mari et que la comparaison... elle
a bon goût, cette petite vicomtesse. Quant à
épouser Marguerite... une fille sans le sou, qui
s'est jetée dans mes bras la première fois que je
les lui ai tendus... pas si fou ! Lucy... je ne
dis pas, si elle était veuve... il m'ennuie ce
mari. Consentirait-elle à m'épouser ?... Qui
sait ?... D'abord, il y a cet enfant, dont je dois
être le père... cela peut servir à l'occasion...
Si je tâtais le terrain ?... Il y aurait bien une
solution. Ce ne serait pas la première fois qu'un
mari gênant disparaîtrait un beau jour. Par
exemple : la Géromé a épousé le petit Baptistin
... on a toujours pensé, dans le pays, que le
vieux était mort bien à propos pour céder la
place à l'autre... Pas maladroite, la Géromé...
pas l'ombre de preuves. Tout est là... il ne
faut pas laisser de preuves... Le beau malheur,
si Gaston ne mourait pas précisément de
vieillesse... eh bien ! à quoi vais-je songer,
moi ?... Ce sont les gars de Grandpré qui
ouvriraient des yeux, si je devenais un jour le

propriétaire du château! Le rêve n'est pas si
vilain!... C'est à voir. En attendant, soyons
prudent. Lucy ne m'a pas encore parlé de
Marguerite; un de ces jours, la bombe éclatera,
mais je suis sur mes gardes, et puis, conclut
Armand en se jetant dans la glace un regard
satisfait, on ne me tient pas rigueur, à moi!

14

IV

C'est un dur métier que celui de candidat! Il est à supposer que l'ambition offre un attrait puissant, et que cette passion réserve, à ceux qu'elle touche, des trésors de satisfaction qui compensent et font oublier les fatigues et les amertumes du début dans la carrière.

Il n'est pas absolument indispensable, pour remporter la victoire, d'être doué d'une intelligence transcendante et d'avoir pâli sur le code du droit des gens; mais quand il s'agit de conquérir les bonnes grâces et les votes de campagnards qui tiennent au gré de leur caprice la porte des grandeurs ouverte ou fermée, il faut être doué de jarrets infatigables et d'une singulière souplesse de caractère.

Gaston possédait à un degré suffisant les qualités physiques et morales nécessaires à la nouvelle profession qu'il venait d'embrasser.

Dès le lever de l'aurore, il est en chasse, mais l'arme qu'il tient en bandoulière n'est là que pour couvrir d'un prétexte ses pérégrinations à travers champs. A la stupéfaction du noble Sultan, le compagnon fidèle de ce nouveau Nemrod, il abandonne volontiers les pistes les plus sûres pour courir sus au premier paysan qu'il aperçoit au loin promenant dans son champ la herse et la charrue.

— Eh! là-bas! père Baptiste! lui crie-t-il, se faisant un porte-voix de ses deux mains. — Sultan! tout beau! — Oui, nous avons des perdreaux dans cette luzerne, nous les débusquerons plus tard... Eh! là-bas!

— Ohé! répond le paysan sans quitter sa besogne.

Gaston hâte le pas, évitant avec grand soin de fouler l'herbe du bonhomme qu'il interpelle. Bientôt, le sourire aux lèvres, il a rejoint le rural avec lequel il entreprend une conversation agricole et électorale.

— Eh bien, ça va-t-il?

— Peuh!... ni bien ni mal.

— Et la récolte, êtes-vous content?...

— Ça ne vaut pas cher.

— Je croyais que ça n'avait pas mal rendu, cette année?

— Les foins, je ne dis pas ; mais les lu-zernes... On tondrait avec sa langue ce que j'en ai fauché cet automne.

— Et la vigne?

— Tout coulé... des grains comme des len-tilles... pas mauvais comme qualité, mais comme rendement, rien de rien!... on boirait d'une lampée ce qu'il en coulera dans ma cuve.

— C'est que vous avez le gosier sec, mon brave !

— Peut-être bien.

— Tenez! goûtez-moi ça, fait Gaston tendant sa gourde au paysan qui, sans se faire prier, la vide d'un trait et la rend au châtelain de Grandpré.

— Eh bien?

— C'est doux... ça ne gratte pas assez, ré-pond l'homme des champs qui passe le revers de sa main sur ses lèvres.

— C'est du cognac de 1849.

— Possible. J'aime mieux l'eau-de-vie de marc, c'est comme une rape dans le gosier, au moins.

— Dites-donc, voilà le grand jour qui approche.

— Quel grand jour ?

— Les élections.

— Ah! oui!...parlons-en. Si vous croyez que je vas me déranger pour aller voter ?

— Vous savez que je me suis mis sur les rangs? insinue Gaston.

— Oui, je me le suis laissé dire... par le garde-champêtre. Mais quoi que ça peut me faire, je vous le demande?... Ça fera-t-il pousser mes navets, que vous soyez député ?

— Non, mais je prendrai vos intérêts, et ceux qui auraient voté pour moi... vous comprenez? Un député dans sa manche, ce n'est pas à dédaigner.

— Je vas vous dire, fait le paysan. S'il ne fallait que ça pour vous obliger, Monsieur du Villars, je me dérangerais bien encore, mais voilà... Vous savez qu'on parle depuis long-temps d'un embranchement qui, de Vierzon, passerait par Grandpré...

— Oui.

— Eh bien, si j'étais sûr, ah! mais là... sûr, que vous lui feriez faire un coude pour écorcher un méchant bout de terrain que j'ai sur les *Ponteaux*, vous savez, en haut de la côte...

14.

— Diable! ça n'est guère dans la direction.

— Pardine! sans ça... j'aurais pas besoin de vous, vous comprenez bien?

— Eh bien! votez pour moi, et le chemin passera dans votre champ.

— Cinquante écus, qu'il n'y passera pas!

— Puisque je vous dis que si.

— Enfin, on verra à voir.

— Je puis compter sur vous, hein?

— C'est fâcheux que vous ne puissiez pas le faire passer d'abord.

— Ça... il faut que je sois nommé.

— Allons, c'est bon... Hue, là! oh! — Et le paysan reprend le labourage interrompu.

Pendant ce colloque, Sultan, qui n'entend rien à la politique, a fait lever deux compagnies de perdreaux et lancé un lièvre énorme dans les jambes de son maître; mais Gaston, qui vient d'apercevoir, à près d'un kilomètre, un autre électeur, en train de biner un champ de pommes de terre, court en toute hâte à la conquête de cette nouvelle voix.

. . . .

Après cinq ou six heures de cet exercice, Gaston rentrait au logis, le carnier vide, mais riche de la promesse fallacieuse de quelques paysans.

Sa première préoccupation était de bien dîner;
la seconde, de dormir afin de se trouver en état
de recommencer, le lendemain, dans une autre
direction, sa chasse aux suffrages.

C'est dire qu'il était à cent lieues de se douter
de ce qui se passait chez lui.

Un jour qu'il longeait un champ de trèfle,
supputant dans sa pensée le nombre de voix sur
lesquelles il pouvait compter, un perdreau égaré
se leva littéralement sous ses pieds et notre
chasseur le regardait s'envoler, d'un air ahuri,
sans songer à le tirer, lorsque, derrière lui, retentit un coup de feu suivi d'un éclat de rire, et
l'oiseau, tournant trois fois sur lui-même,
s'abattit, les ailes fracassées.

Gaston se retourna et se trouva face à face
avec Léon de Monti.

— Pardieu ! mon cher ! s'écria gaiement
celui-ci, tu as donc signé un traité de paix
avec le gibier du canton, que tu oublies de le
saluer d'un coup de fusil ?

Les deux amis se serrèrent la main, et comme
le soleil dardait d'à-plomb ses rayons sur leurs
têtes, ils se dirigèrent, pour causer plus à l'aise,
vers un bouquet de bois dont le frais ombrage
invitait au repos.

— Un bruit assez étrange est venu jusqu'à moi.
On dit, et sans effroi je ne puis le redire,
Qu'à de certains honneurs mon cher Gaston aspire ?

dit de Monti en riant. Si les vers sont estropiés,
le sens en est exact. Pour parler en vile prose,
il est donc vrai, mon bon, que tu veux tâter
de la députation ?

— Pourquoi pas ? fit Gaston, assez vexé de
voir traiter aussi légèrement ses aspirations gou-
vernementales.

— Je n'y trouve pour ma part aucun empê-
chement. Du diable, par exemple, si je suis
jamais tenté de t'imiter.

— Oh ! toi ! tu es l'amant de la nature !

— Eh ! eh ! cette maîtresse-là en vaut bien une
autre, et je la préfère à tes nouvelles amours,
Dame Politique.

— A dire le vrai, je n'attends pas grandes
jouissances de cette liaison; mais, est-ce l'effet
du mariage… des années, que sais-je ? Je n'avais
plus de goût à rien. Je ne suis plus amoureux…

— Eh bien, et ta femme ?

— Ma femme ! Ah ! oui, au fait… seulement… Ah ! tu m'ennuies !

— Continue, fit Léon en souriant.

— A Paris, les chevaux et les femmes n'a-

vaient plus d'attrait pour moi; au cercle, je
bâillais... tiens! — entre nous, le bac est un
jeu idiot. Bref, je m'ennuyais à périr. Je vins
ici me mettre au vert. Mais voilà que la nature
prit pour me recevoir une attitude morose ; le
ciel se couvrait, à mon intention, d'un bleu fade;
les arbres se teintaient de couleurs criardes;
l'herbe poussait bêtement pour se faire tondre
par les moutons; sur la route, un horrible tapis
de poussière tourbillonnait au moindre vent, et
dans mon jardin, végétaient des fleurs, toujours
les mêmes, sans éclat et sans parfum.

— Tu insultes mes dieux!

— De vagues idées de suicide me trottèrent
alors dans la tête. Je choisis l'indigestion. Vains
efforts ! Je digèrerais du fer.

— Comme l'autruche, alors ?

— Insolent! comme un homme trop heureux.
Un jour, j'appris qu'on allait nommer un député
dans le Cher, je me dis...

— Tiens ! si je me présentais.

— Justement. Je rédigeai une profession de
foi!... quelque chose d'étonnant!... Veux-tu
la lire ?

— Non, merci. Enfin, tu t'es créé une position.

— Oui, je suis candidat.

— Et le métier te plaît?

— Médiocrement. Je m'ennuie toujours, mais d'une autre façon. Aujourd'hui, je suis fait à cette idée que dans trois mois je voterai les impôts et présenterai des amendements, et, vrai, si je ne suis pas nommé, j'en ferai une maladie.

— Tant mieux! cela te fera maigrir.

— Léon! j'exige une réparation.

— Je te l'accorde.

— Je te prends au mot. Tu viendras passer quelques jours à Grandpré. Nous chasserons. Il paraît qu'il y a beaucoup de gibier, c'est du moins l'opinion de Sultan, qui chasse pour son compte pendant que je poursuis la grosse bête... l'électeur.

— Tu veux dire la fausse bête, alors... Je connais par cœur mon paysan. Quand on croit le tirer, c'est lui qui vous couche en joue.

— Tu viendras, c'est entendu?

— Oui.

— Et tu me feras de la propagande?

— Aïe! le bout de l'oreille!... Tu as besoin d'un rabatteur. Enfin, je ferai de mon mieux. Es-tu content?

— Enchanté.

— Alors, comme le soleil baisse furieusement
à l'horizon... en route !

— A demain ?

— A demain.

Les deux amis se séparèrent ; Gaston reprit
le chemin de Grandpré, tandis que Léon se di-
rigeait à travers champs du côté de son domaine,
tout en remplissant son carnier.

Gaston, de retour d'assez bonne heure, dîna
en famille, c'est-à-dire avec Lucy, Marguerite,
Armand et le petit Maurice.

Le petit-fils de Mme de Grandpré avait quatre
ans ; c'était un gros garçon, joufflu, doué d'une
santé magnifique et d'un caractère déplorable.

Il manifestait déjà des velléités d'indépendance qui nécessitaient sa retraite au moment
du dessert. Le sentiment paternel n'était pas
développé chez Gaston au point de trouver du
charme à entendre crier comme un possédé le
bambin qui se fâchait tout rouge si quelqu'autre
que lui touchait aux fruits et aux confitures.

Ce soir-là, Gaston eut un mouvement superbe,
digne de Brutus, lorsqu'il donna l'ordre d'enlever de table le jeune révolté.

— A propos, dit-il, quand le calme fut rétabli,
j'ai rencontré Léon de Monti, il vient demain et

passera quelques jours à Grandpré. Vous voudrez bien, ma chère Lucy, donner des ordres en conséquence.

Un rapide regard fut échangé entre Armand et les deux dames.

Le secrétaire fronça le sourcil et se retira d'assez mauvaise humeur.

Lorsque, le lendemain, Léon se présenta au château, Gaston se promenait dans le parc en l'attendant.

Les deux amis trouvèrent au salon Mme du Villars et Marguerite. Celle-ci se leva à l'entrée du visiteur et discrètement se retira.

Après quelques paroles de bienvenue de Lucy à Léon, Gaston entraîna son hôte dans la salle de billard, et la cloche du dîner interrompit leur cinquième partie et la troisième édition paraphrasée de la profession de foi du futur législateur.

Nos deux amis ne s'étaient pas revus depuis un an. Léon ignorait qu'Armand se fût introduit dans la maison, et Gaston, par oubli sans doute, n'en avait pas soufflé mot. Aussi lorsqu'il se trouva à la même table que celui-ci, Léon ne put-il réprimer un mouvement de surprise.

— M. Armand, mon nouveau secrétaire! fit

Gaston, remarquant l'étonnement de de Monti.

Léon répondit par un signe de tête assez dédaigneux à l'obséquieux salut du paysan, se mordit les lèvres et se promit d'observer.

Mais les deux femmes avaient été mises sur leurs gardes par Armand, qui, connaissant la perspicacité du nouveau venu, semblait le redouter.

— J'ignorais que tu eusses pris un secrétaire, dit Léon, après un silence pendant lequel le bel Armand, visiblement gêné par le regard de ce convive inattendu, ne leva pas le nez de dessus son assiette.

— Une nécessité de ma nouvelle position, fit Gaston avec un sourire important. Tu ne t'imagines pas à combien de gens je suis obligé d'écrire ; je suis déjà obsédé de demandes...

— Et c'est Monsieur qui rédige ?

— Oui, oui ; je me repose entièrement sur lui.

— Une mission délicate, qui demande tout le talent, le tact et l'esprit si connus de Monsieur.

Le bel Armand, malgré la meilleure volonté, ne pouvait prendre ces paroles absolument comme un compliment ; aussi, pour éviter d'y répondre, appela-t-il à son aide un léger accès de toux.

— A propos, continua Léon, il faudra que je

te recommande un protégé à moi ; si tu pouvais
le placer, au même titre que Monsieur, auprès
d'un de tes futurs collègues, moins heureusement pourvu, cela m'obligerait fort. Il s'agit
d'un charmant garçon, parfait homme du monde,
d'une excellente famille, ayant fait de brillantes
études, et ne sachant, faute de relations, comment utiliser ses talents.

— Enchanté, si je puis...

— Il mérite tout intérêt, insista Léon. C'est
un homme encore jeune, d'une délicatesse de
sentiments, d'une pureté de mœurs exemplaires,
un de ces hommes, en un mot, qu'on peut introduire chez soi sans le moindre scrupule, et dont
on peut serrer la main loyale.

— Mais c'est une perle, que ton protégé!

— C'est tout simplement un honnête homme.

— Et il n'a pu jusqu'ici...

— Trouver un emploi. Mon Dieu, non. Il y a
de ces gens timides et modestes, qui n'osent rien
demander pour eux-mêmes, tout prêts à se sa-
crifier pour vous rendre service; ils ne réussis-
sent à rien, tandis qu'il en est d'autres qui,
n'ayant pour tout bagage qu'un aplomb imper-
turbable, une ignorance colossale et la conscience
chargée de petites infamies, s'implantent dans

certaines maisons, et, de leur nullité d'esprit et
de cœur, se font un patrimoine qu'ils exploitent
aux dépens de ceux qu'ils prennent pour dupes.
Vous avez dû, dans la vie, en rencontrer quelques-uns, Monsieur Armand ?

— Plaît-il? dit celui-ci directement inter-
pellé. Je vous demande pardon, mais je n'ai pas
bien saisi...

— Armand ignore le monde, intervint Gaston,
tendant la perche à son secrétaire et ami; c'est
un enfant de la nature ; il n'a pas appris dans
les livres et, n'ayant quitté que récemment l'horizon restreint de Grandpré, il n'a pu se livrer
à des études de haute philosophie sociale.

— Pardon! objecta l'impitoyable de Monti ;
ce n'est pas d'aujourd'hui que je connais Monsieur, de réputation, au moins. Je sais de lui
mainte anecdote qui prouve surabondamment
qu'il possède à fond la science du cœur humain.
Pour arriver à remporter d'aussi fréquents succès, il lui a fallu déployer des trésors inouïs
d'intelligence, et des talents de tacticien hors
ligne, pour louvoyer, sans encombre, à travers
les embûches que n'ont pu manquer de dresser
sous ses pas tant de maris bafoués, tant de filles
asservies à son joug et tour à tour abandonnées.

Il y a, dans M. Armand, l'étoffe d'un diplomate,
il en a l'indépendance de cœur et la souplesse
de conscience.

— Allons! dit Gaston, vas-tu prononcer un
réquisitoire à propos de quelques paysannes
qui se sont laissé conter fleurette?

Sous le fouet des railleries de Léon, une sourde
colère faisait monter des flots de sang au visage
d'Armand; mais l'esprit d'à-propos lui faisant
défaut, il se tenait à quatre pour ne pas lancer
la carafe à la tête du gentilhomme dont un
ironique sourire ne quittait pas les lèvres.

Léon allait répondre, mais, croyant remarquer
chez Lucy un imperceptible trouble, chez Marguerite une pâleur subite, il détourna la conversation et fit grâce au bel Armand de nouveaux
sarcasmes.

Le dîner s'acheva sans autre incident, et Léon
se retira de bonne heure, intimement convaincu
qu'il se jouait, à Grandpré, quelque comédie
dont il se promit de deviner le secret.

Le lendemain, au lieu de suivre Gaston à la
chasse, il prétexta une légère fatigue et resta au
château. Lucy et Marguerite lui firent les honneurs du logis; Mme du Villars demanda conseil
à Léon au sujet d'aménagements qu'elle médi-

tait; elle parcourut avec lui la serre et le pota-
ger, lui parla de Paris, disserta sur les beaux-
arts et la littérature avec une liberté d'esprit
parfaite, accomplissant, en un mot, sans le
moindre embarras, ses devoirs de maîtresse de
maison.

Marguerite, se tenant sans affectation sur une
réserve de bon goût, reçut en souriant quelques
mots aimables que lui adressa Léon.

Il eût été impossible à l'observateur le plus
perspicace de deviner le moindre mystère sous
cette apparence de sérénité.

Il est vrai qu'Armand avait jugé à propos de
ne point se montrer; n'étant plus sous l'influence
directe de son regard, les deux femmes repre-
naient possession d'elles-mêmes.

Léon, qui connaissait l'itinéraire suivi par
M. du Villars, proposa d'aller au-devant de lui.

Lucy accepta avec empressement et Léon
guida ces dames par des sentiers tracés entre
les champs. La petite caravane finit par rencontrer Gaston.

Sultan, reconnaissant sa maîtresse, vint gam-
bader autour d'elle, et se dressant tout-à-coup
par des bonds gracieux se livra à de démonstra-
tives caresses dont Lucy se défendit en riant.

Il ne se sentait pas de joie le brave chien.
Dérogeant à ses habitudes contemplatives, son
maître avait daigné le seconder dans ses efforts,
et deux perdreaux et un lièvre étaient les
trophées de leur expédition.

Ce fut, du moins, ce qu'affirma Gaston, mais,
invité à exhiber les victimes de son adresse, il
fut forcé d'avouer, non sans quelque embarras,
qu'il en avait fait hommage au fermier Guillaume, lequel avait promis en échange de voter
pour lui. Le pauvre diable, ajouta Gaston, m'a
affirmé n'avoir pas goûté de gibier cette année.

— Guillaume! fit de Monti en riant. Es-tu
fou? C'est un fieffé braconnier que dix fois mon
garde a pris en flagrant délit; de plus, je sais,
de source certaine, qu'il est le plus actif agent
de ton adversaire.

Cette révélation refroidit un peu la joie de
Gaston, qui reprit en silence le chemin du château.

Au dîner Armand se fit excuser, ayant un
travail pressé à terminer.

On fit un peu de musique, puis, sur les dix
heures, Lucy se retira avec Marguerite et les
deux amis restèrent en tête-à-tête.

— Je ne suis point fâché que ces dames nous

aient faussé compagnie, dit Gaston. Il m'est
venu une idée qu'il faut que je te communi-
nique.

— Bah! fit Léon, avec une intention de rail-
lerie qui échappa à Gaston.

— Te souviens-tu qu'au temps heureux où je
filais le parfait amour avec ma fiancée, je te
conseillais de m'imiter, et, riche comme tu l'es,
d'épouser quelque fille sans fortune?

— Parfaitement exact, répondit Léon.

— Je t'indiquai Mlle Vialin, l'amie de ma
femme. Puis, je n'y pensai plus, les circonstances nous ayant pendant un temps éloignés
d'elle. Depuis que, cédant au désir de Lucy, j'ai
confié à cette jeune fille l'éducation de mon fils,
j'ai appris à la connaître, à l'apprécier, je me
suis fait une opinion basée sur les plus sérieuses
considérations...

— Tu parles d'or, interrompit Léon en riant.
Tes périodes s'arrondissent et se succèdent avec
une abondance... Je te prédis des succès à la
tribune, mon cher. Où veux-tu en venir avec ce
pompeux exorde?

— A ceci : ce que je te disais autrefois, je te
le répète aujourd'hui. Tu devrais y penser sérieusement. Regarde-la. Où trouveras-tu une plus

ravissante Mme de Monti ? Je me porte garant
de sa vertu !

— En aurais-tu fait l'expérience ?

— Que le diable soit de tes suppositions !
S'il n'y a pas moyen de parler sérieusement.. !
Du reste, causes-en avec ma femme.

— De la vertu de Mlle Vialin ?

— Incorrigible railleur ! De son esprit, de ses
qualités, de son cœur... elle est plus à même
qu'une autre de te renseigner à cet égard.

— Tu me permettras de m'assurer de tout
cela moi-même, répondit Léon d'un ton plus
sérieux, si toutefois l'enquête devient nécessaire,
car tu es possédé d'une manie de marier les
gens....

— Habitude de propagande, mon cher. Réflé-
chis à ton aise. Je laisse, toute la journée de
demain, le champ libre à tes observations. Je
pars avec Armand qui doit me présenter à un
mendiant très-influent qui dispose, paraît-il,
d'une douzaine de voix.

— Concilie-toi au plus vite les bonnes grâces
d'un aussi puissant auxiliaire. Sur ce, comme
la nuit porte conseil et que l'ambition ne me
tient pas éveillé, je te souhaite bonne nuit et
heureuse ambassade.

— Songe à Marguerite...

Léon n'avait pas besoin que Gaston lui fît cette recommandation. Il avait déjà remarqué la jolie fille, et l'idée d'en faire la comtesse de Monti ne lui paraissait en rien irréalisable.

A la fois très-riche et très-simple, absorbé par le soin de faire valoir ses terres, si M. de Monti n'avait jusqu'ici songé au mariage que comme à une éventualité assez incertaine, c'est qu'il n'avait rencontré aucune jeune fille sur laquelle son regard se fût sérieusement arrêté.

Sa fortune était plus que suffisante pour satisfaire ses goûts et il pouvait, sans inconvénient, la partager avec l'épouse de son choix. Mais il tenait par dessus tout à trouver dans le mariage un bonheur assuré, il voulait être aimé d'un amour loyal comme celui qu'il pouvait offrir.

Marguerite fut donc, sans s'en douter, l'objet d'une étude attentive de sa part.

Il remarqua qu'en dehors des soins qu'elle prodiguait au petit Maurice, elle s'occupait de mille autres choses fort étrangères à la mission spéciale qu'elle avait acceptée.

Il ne vit d'abord, dans ce surcroît de travail, qu'un dévouement amical, une dette de reconnaissance délicatement payée. Mais bientôt il

surprit un regard froid, presque haineux, de
Mme du Villars, attaché avec une fixité singulière
sur Mlle Vialin. Cet oubli rapide du rôle que
jouait Lucy, oubli réparé à la hâte par un charmant sourire, ouvrit à Léon un vaste champ à
de nouvelles découvertes.

Le hasard vint à son aide : il entendit Lucy
donner un ordre à Marguerite d'un ton si hau-
tain, qu'elle semblait chercher à plaisir le mot
blessant; il acquit alors cette certitude qu'un
dissentiment secret existait entre ces deux
femmes et qu'elles le dissimulaient toutes deux
aux yeux du monde.

Marguerite ne se savait pas observée. Ren-
fermée en elle-même, brusquement séparée de
l'homme qu'elle aimait par l'infatigable espion-
nage de Lucy, elle ne songeait point à être
coquette avec cet étranger dont elle avait à peine
remarqué la présence au château.

De Monti fut heureux de constater cette
indifférence.

— Ce cœur n'a point battu, pensa-t-il. Dans
cette existence absorbée par l'étude et un travail incessant, il n'y a pas une heure qui appar-
tienne à l'amour. Elle s'ignore elle-même; nul
ne lui a dit encore qu'elle est belle et digne

d'être aimée. Animer cette froide et chaste fille,
éveiller la passion dans cette âme, faire battre
son cœur de l'enthousiasme d'un amour honnête et généreux, lui montrer un avenir radieux
de pures joies, changer cette pauvreté laborieuse
en bien-être et en richesse, lui tout donner et
recevoir en échange sa reconnaissance et son
amour... n'est-ce pas là le bonheur ! N'atten-
dons pas que la passion m'aveugle moi-même
et ne me laisse plus la liberté de la fuir si je
l'ai mal jugée. Ou je me trompe fort, ou l'affection de Lucy n'est point aussi sincère qu'elle
veut le paraître. Qu'une amitié loyale vienne à
lui être offerte, Marguerite laissera lire facile-
ment dans son cœur. Soyons d'abord pour elle
cet ami, provoquons ses confidences et si
l'épreuve est favorable, je permettrai à mon
cœur de battre à son tour.

Fort de ces résolutions, Léon chercha à lier
plus intime connaissance avec Marguerite.

La jeune fille, traquée, espionnée, accablée de
travaux par Lucy, cherchait la solitude dès
qu'une minute de répit lui était accordée par
son ennemie. Léon remarqua qu'elle choisissait
de préférence, pour y rêver, les bosquets les plus
sombres.

Il la surprit un jour. Assise, le front appuyé sur sa main, elle laissait errer sa pensée et des larmes traçaient leur sillon brûlant sur son visage pâli. A deux pas d'elle, immobile derrière le rideau de verdure qui l'abritait, Léon la contemplait.

Qu'il la trouvait belle ainsi ! plus belle encore dans la douleur que dans tout l'éclat de sa rayonnante beauté !

Il eût voulu sécher avec ses lèvres ces pleurs silencieux dont il ignorait la cause. Il tremblait qu'un mouvement involontaire ne vînt trahir sa présence ; il comprenait aussi qu'il perdait une occasion précieuse.

Sultan se chargea de trancher la difficulté.

Le brave chien s'était pris d'une affection très-vive pour l'ami de son maître. Peut-être avait-il remarqué, le chien est observateur, que de Monti était un chasseur plus sérieux que Gaston, et avait-il, pour quelques beaux coups de fusil, conçu une haute opinion du gentilhomme campagnard ? Toujours est-il qu'exilé au château par Gaston, ce jour-là, Sultan avait suivi sournoisement Léon au jardin. Le voyant arrêté et en contemplation muette à travers le feuillage, il se tint d'abord à distance respectueuse. Mais comme la patience n'était pas sa qualité dominante, au bout d'un quart d'heure d'immobilité, il prit soudain son élan, et poussant un aboiement joyeux, il vint avec un bruissement de branches épouvantable poser, sans façon, ses deux pattes sur l'épaule de notre amoureux.

Marguerite se leva brusquement et de Monti n'eut d'autre ressource que d'apparaître comme si le hasard seul l'eût amené de ce côté.

— Je vous ai fait peur, Mademoiselle? lui dit-il.

— Un peu, répondit la jeune fille ébauchant un sourire.

— Mon Dieu, je ne sais pas mentir, Mlle Marguerite, reprit Léon après un silence. Rien ne me serait cependant plus facile que de mettre sur le compte du hasard cette rencontre... indiscrète. J'étais là caché, — et je vous regardais.

— C'est une trahison cela!

— Dites le premier pas d'une amitié sincère.

— Vous! mon ami!

— Cela vous étonne?

— Beaucoup.

— Pourquoi?

16

— Vous ne me connaissez pas !

— Vous vous trompez... j'ai la prétention de vous connaître on ne peut mieux.

— Allons donc !

— Une preuve. Parions que j'ai deviné ce qui remplissait de larmes vos yeux tout-à-l'heure. Car vous pleuriez... pardon, je n'ai aucun droit à vous parler ainsi...

— Soit. Je pleurais... et vous avez deviné, dites-vous ?

— Peut-être.

— J'en doute. Nous autres femmes, ne sommes-nous pas les êtres les plus fantasques, pleurant sans motif, ou riant sans raison ? Les médecins cherchent des mots tirés du grec pour qualifier ce qui est inqualifiable, préciser ce qui est insaisissable. Je serais fort embarrassée, je vous le jure, d'assigner une cause à cette tristesse passagère.

— Traduction libre, répondit Léon, voici un Monsieur fort indiscret, qui cherche à lire dans ma pensée et qui mérite une leçon.

— Non. Ne croyez pas cela, et la preuve... c'est que je vous tends la main.

— Vous ne repoussez pas mon amitié ?

— Votre amitié...! eh bien! à une condition,

c'est que nous rédigerons un traité d'alliance
dont vous jurerez de respecter les clauses.
Attendez! D'abord vous ne m'adresserez aucun
compliment, si indirect, si délicatement voilé
qu'il soit.

— Accordé. Je suis aveugle, et de ce moment
je ne verrai ni vos cheveux dorés, ni votre regard
si doux, ni le charme qui se dégage de vous...

— Adieu, M. de Monti, fit tristement Marguerite.

— Vous aurais-je offensée?

— Non... mais vous ne m'avez pas com-
prise. Vous m'avez offert d'être un ami pour
moi. Je ne saurais accepter cette amitié, que si,
dès la première heure, aujourd'hui comme
demain, comme toujours, vous prenez l'engagement... d'honneur d'être, pour moi, je dirais
comme un frère, si ce n'était bien ambitieux à
moi de m'élever à ce rôle de sœur.

— Je vous le jure. Mais, vous-même, me pro-
mettez-vous d'être confiante, de me dire vos
peines et vos joies, vos regrets et vos espérances?

— Tout ce qu'une sœur peut dire à son frère,
je vous le dirai, à une condition encore : c'est
que notre amitié, où tout sera pur cependant,

où nous n'aurons à rougir ni d'un regard, ni d'une pensée, restera un secret inviolable entre nous.

— Même pour Mme du Villars ?

— Surtout pour elle... murmura la jeune fille.

— Y a-t-il donc là un secret qu'une sœur ne peut dire à son frère, Marguerite ?

— Je ne puis accuser ma... bienfaitrice.

— C'est juste.

— Lucy m'attend. Je ne suis point libre, vous le savez. Adieu, M. de Monti.

— Au revoir, Marguerite.

Elle lui tendit la main et sur cette main Léon posa ses lèvres, un peu plus longtemps peut-être qu'un frère n'en avait rigoureusement le droit.

Marguerite subissait à son insu une influence puissante. Elle laissait s'ouvrir son cœur à cette amitié honnête et loyale sous laquelle elle ne devinait pas encore l'amour délicat et tendre qui, avant de se livrer, voulait s'appuyer sur une estime réciproque et commencer par une fraternité de pensées.

Elle se plaisait dans la société de Léon, se sentant attirée vers cet homme qu'elle compa-

rait à son amant; le sentiment qu'il lui inspirait se dégageait, pur, des ivresses mortelles
que lui causait la passion du bel Armand.

Celui qui eût dit à Marguerite qu'un nouvel
amour venait de prendre racine en son âme,
l'eût épouvantée.

Pouvait-elle deviner, elle dont un vulgaire
séducteur avait dépravé la pureté virginale, en
donnant le nom d'amour à ses emportements
grossiers, que le sentiment nouveau qui gran-
dissait chaque jour en elle, et l'attachait par
des liens mystérieux à son *frère* d'adoption,
n'était autre chose que l'amour, l'amour avec
ses élans de poésie, ses instincts de dévouement
et de sacrifice, l'amour saint, honnête, dont
nous portons tous le germe en notre cœur et qui
s'épanouit sous le regard de l'être que nous devons aimer.

Non. Elle se laissait entraîner dans cette
voie qui s'ouvrait devant elle comme une
radieuse consolation, elle retrempait son âme à
cette affection et retrouvait le calme d'autrefois.

Lucy suivait curieusement les changements
qui s'opéraient chez son ancienne amie, changements dont celle-ci était inconsciente. Seule,
Lucy avait su lire dans cette âme qui s'ignorait

16.

elle-même et une joie étrange avait brillé dans ses yeux.

Alors elle changea d'attitude vis-à-vis de Marguerite; toute trace de mésintelligence disparut entre elles. Elle se fit douce, conciliante et bonne avec la jeune fille; elle prit à tâche de lui faire oublier la persécution jalouse dont elle l'avait poursuivie; une sorte de pardon tacite tomba de ses lèvres et Léon se reprocha, comme une calomnie, d'avoir un instant douté de la sincérité de l'amitié de Lucy pour Marguerite.

— J'ai attaché trop d'importance à un nuage passager, se dit-il, et comme, en s'interrogeant lui-même, il resta convaincu qu'il aimait Marguerite et qu'elle était digne de lui, il crut de sa loyauté de ne plus tarder à se déclarer.

En conséquence, il pria Mme du Villars de lui accorder un moment d'entretien.

Celle-ci fit gracieusement droit à sa requête et Léon fut reçu en audience confidentielle par la châtelaine de Grandpré.

Au moment où Léon entra chez Mme du Villars, Marguerite était auprès d'elle. La jeune fille se leva, rendit à de Monti le salut empreint de gravité qu'il lui adressa, puis se retira.

Cédant à un mouvement de curiosité involontaire, Marguerite revint sur ses pas et pénétrant sans bruit dans un petit boudoir attenant au salon et d'où l'on pouvait tout entendre, elle assista, invisible, à l'entretien de Léon et de Lucy.

— Madame, dit Léon, je suis à la veille de prendre une grave détermination. Le bonheur de toute ma vie est en jeu et je viens vous demander conseil.

— De quoi s'agit-il, M. de Monti?

— J'aime Mlle Vialin, et cet aveu vous indique assez quelles sont mes intentions.

— Je croirais vous faire injure, Monsieur, en supposant que vous n'obéissez qu'à un caprice passager, et que cette résolution n'est pas le résultat de sérieuses réflexions.

— En effet, Madame, j'ai beaucoup étudié Mlle Vialin; j'ai cherché à devenir son ami, j'ai voulu qu'une estime réciproque fût la première base de notre bonheur, et je crois savoir aujourd'hui tout ce qu'il m'est permis d'apprendre par moi-même; mais je puis m'être trompé; il est fort difficile, quelque empire qu'on ait sur soi-même, d'être un juge impartial en pareille occasion. A qui pourrais-je mieux m'adresser qu'à vous, Madame, pour rectifier les erreurs invo-

lontaires que j'ai pu commettre; à vous qu'une
amitié d'enfance lie à Mlle Marguerite, qui ne
l'avez pour ainsi dire jamais perdue à vue, qui
l'avez jugée digne de s'asseoir à votre foyer et
de vous remplacer en quelque sorte auprès de
votre enfant ?

— Je ne vous ferai qu'une question, Monsieur;
Marguerite vous aime-t-elle ?

— Je ne le lui ai pas demandé, Madame. Jamais
le mot d'amour n'a été prononcé entre nous; j'ai
pour elle trop de respect pour n'avoir pas écarté
avec un soin jaloux tout ce qui eût pu troubler
sa candeur de jeune fille.

Un étrange sourire errait sur les lèvres de
Mme du Villars.

— Un amour si délicat et si discret, Monsieur,
me dispenserait de faire l'éloge de Mlle Vialin.
Si sa pauvreté, l'obscurité de sa naissance ne
sont à vos yeux que des titres de plus à votre
affection, si vous ne cherchez en votre fiancée
que les qualités du cœur, le charme de l'esprit
et du talent, je ne puis qu'approuver le choix
que vous venez de faire, et je serais, pour ma
part, plus heureuse que vous ne sauriez le penser, de voir se réaliser le projet dont vous me
faites l'honneur de m'entretenir.

— Je n'hésiterai donc plus, Madame. Il me reste à vous remercier de votre franchise, et à vous demander un dernier service. Votre position, vis-à-vis de Mlle Marguerite, la protection généreuse que vous lui avez accordée jusqu'ici, vous font la tutrice naturelle, je n'ose dire la sœur de cette jeune fille. C'est donc à vous, Madame, qu'il appartient d'annoncer à Mlle Vialin que M. Léon de Monti a l'honneur de demander sa main.

— Dès aujourd'hui, Monsieur, je remplirai la très-agréable mission que vous me donnez.

— Ai-je besoin d'ajouter, Madame, que je désire que vous n'usiez auprès d'elle d'aucune influence. Je veux qu'elle décide de notre avenir commun en pleine liberté de conscience; quelle que soit sa décision, heureux ou malheureux, je m'inclinerai.

Léon prit congé de Mme du Villars, qui lui renouvela l'assurance que, dès le jour même, Marguerite serait instruite de sa demande.

Tout-à-coup Lucy, se retournant, se trouva en présence de Marguerite.

— Vous !

— J'ai tout entendu, Madame.

— Cela me dispensera donc d'une longue ex-

plication. Ah ! vous êtes habile ! Mes compliments,
ma chère ! Vous avez adroitement jeté vos filets.
Mlle Vialin, comtesse de Monti ! Le chemin a
été vite parcouru, et vous n'avez qu'un mot à
dire pour être avant peu grande dame, riche et
aimée !

— Ce mot, je ne le prononcerai pas !

— Pourquoi cela ?

— Vous me le demandez !

— Vous n'aimez pas M. de Monti ?

— Moi ! Ah ! Madame ! Que Dieu m'épargne
un semblable malheur !

— Vous ne visiez donc qu'à sa fortune et à
son nom ! Je vous avais trop bien jugée ; j'espérais pour vous qu'un sentiment d'affection vous
avait entraînée, et c'est pourquoi j'ai chanté vos
louanges, car, puisque vous écoutez aux portes,
vous avez dû entendre que j'ai plaidé chaleureu-
sement votre cause.

— Je refuse, Madame ! Vous direz à M. de
Monti... ce qu'il vous plaira de dire, mais vous
le détournerez d'un projet impossible... vous
lui direz combien je suis... touchée de sa générosité, mais il doit m'oublier, comme je l'oublierai
moi-même.

— Non, non. Ce qui est dit est dit. Je ne me

démentirai pas. Vous serez comtesse de Monti !

— Jamais !

— Ou je lui dirai pourquoi vous ne pouvez être à lui... Ah ! vous pâlissez ! Vous avez peur qu'il vous méprise. Tenez ! vous l'aimez !... Je lis dans vos yeux comme une menace. Que m'importe que vous me trahissiez ! Si vous révélez mon secret, je révèlerai le vôtre à M. de Monti, je vous en fais le serment !

— Ce que vous faites est infâme, Lucy ! s'écria Marguerite, qui, ne pouvant se contenir, s'enfuit et courut s'enfermer dans sa chambre.

Presqu'aussitôt Armand, sachant Gaston occupé à courir la plaine, venait, sans se faire annoncer, s'installer chez Mme du Villars.

— J'ai d'étranges nouvelles à vous donner, lui dit Lucy, sans autre préambule ; Marguerite va se marier.

— Bah !

— M. de Monti vient de me demander sa main.

— Et elle accepte ?

— Elle refuse.

— Dame ! cela me paraît assez vraisemblable, fit avec fatuité le bel Armand.

— Écoutez ! lui dit Mme du Villars. Nous ne

pouvons vivre ainsi, Armand! J'ai été assez
lâche pour accepter une situation pleine de
honte et de douleurs. Je ne supporterai pas une
minute de plus cette existence. C'est Marguerite,
ou c'est moi que vous aimez. Il faut choisir.
J'aurais dû vous parler ainsi dès le premier
jour. Je n'en ai pas eu le courage. Si vous n'avez
pas compris que je vous donnais là la plus
grande preuve d'amour... c'est que vous ne
m'aimez pas. Une occasion inespérée s'offre à
nous, il faut la saisir. Marguerite doit accepter
la main de M. de Monti. Vous l'y déciderez. Ce
soin vous regarde; il faut que ce mariage s'ac-
complisse, il le faut, entendez-vous ? il le faut !

— Permettez, ma chère ; bien que je ne pro-
fesse pas pour ce Monsieur un bien tendre intérêt, la plaisanterie que nous allons lui faire
dépasse peut-être un peu les bornes.

— Ce que vous me dites, je me le suis dit à
moi-même, fit Lucy, rougissant qu'une leçon de
délicatesse lui fût adressée par cet homme, —
mais vous ne comprenez donc pas que votre
amour est tout ce qui me reste, à moi; que, si je
le perds, je serai seule, seule avec mon passé, et
que cela m'épouvante?... Vous ne comprenez
donc pas que je suis liée à vous par une faute

irrémissible, et que, pour écarter de mon chemin cette rivalité qui, sans briser ma chaîne, la rend trop lourde de honte, je ne reculerai devant rien ! — Je sais que tromper ce galant homme, le pousser dans les bras de cette fille perdue, qui traînera dans la boue le nom sans tache qu'il va lui donner, qui volera l'amour et l'estime de celui qui croit en elle, — cela est un crime de plus ajouté à ce tissu de mensonges et de lâchetés qui est ma vie; mais que vous dirais-je, Armand ! puisque je suis à vous, — que je ne puis être qu'à vous, rien ne me coûtera, pas même un crime !

— Tiens, se dit Armand, nous y venons donc enfin !...

Il alla s'assurer que nulle oreille indiscrète ne pouvait les entendre, ferma toutes les portes avec le plus grand soin, puis, revenant s'asseoir près de Lucy, il lui prit la main.

— Ma chère, fit-il en baissant la voix et en donnant à son regard une douceur féline, vous avez un défaut dont j'aurais mauvaise grâce à vous faire un reproche. — On n'est jaloux que de ceux qu'on aime ! dit la romance. — Vous êtes horriblement jalouse. Je crois que nous pourrons nous entendre.

17

— Vous romprez avec Marguerite?

— Dans ces nouvelles conditions-là, bien entendu.

— Que voulez-vous dire?

— Vous m'avez bien compris?

— Non.

— N'est-ce pas un traité d'alliance que nous venons de conclure?

— Cessez de parler par énigmes, je vous prie.

— Enfin, vous êtes jalouse de Marguerite... je la ferai consentir à ce mariage qui vous débarrasse d'une rivale, que, du reste, il est de notre intérêt d'éloigner maintenant.

— De notre intérêt?

— N'avez-vous pas dit tout-à-l'heure que vous ne pouviez continuer cette vie de duplicité et de mensonge?... De mon côté, je vous avouerai que je suis jaloux, terriblement jaloux, ma chère!

— Jaloux... de qui?

— De Gaston.

— Quelle folie! ne savez-vous pas...

— Je sais... je sais qu'il est votre mari... qu'il a des droits indiscutables...

— Que prétendez-vous donc? Un éclat, un scandale? Fuir avec vous, peut-être?... N'y comptez pas!

— Mais qui vous parle de cela? Je ne tiens nullement à faire tant de bruit autour de nous.

— Alors?

— D'abord, rien n'est bête comme d'enlever une femme mariée. Le mari, tôt ou tard, découvre la retraite des fugitifs, se venge à sa façon, voilà tout le bénéfice qu'on en retire.

— Mais, encore une fois, où voulez-vous en venir?

— Il faut, en vérité, que vous soyez bien... naïve, fit le paysan, sourdement irrité de n'être pas compris à demi-mot. N'y a-t-il pas d'autre moyen, et lorsqu'on a bien concerté son plan, que chacun y met loyalement du sien, qu'on a tout calculé... enfin, devient veuve qui veut... Une fois libre,... au bout d'un temps, je vous épouserais et...

— Assez! Oh! taisez-vous! taisez-vous! je deviens folle!

Et Lucy, se dressant tout-à-coup, fixa sur son amant un regard que celui-ci ne put supporter.

Il recula, gagnant la porte à reculons.

— Le premier mot est dit... laissons germer l'idée!

V

Ai-je bien compris? se dit alors Lucy, passant la main sur son front, comme pour en chasser une horrible pensée; c'est à moi..... que cet homme a proposé d'être la complice d'un crime!... et je ne suis pas morte en entendant de telles paroles! Mais qui lui a donné le droit de me parler ainsi? Malheureuse! je suis sa maîtresse! Je lui appartiens!... Hier encore je l'aimais!... Ah! non, je ne l'aimais pas... je n'ai pu descendre à ce degré d'infamie... je me fais horreur! Il a pu croire que je consentirais... Oui, il l'a cru... il espère qu'un jour il partagera avec moi la dépouille de celui dont il rêve... Oh! je savais que j'étais coupable, qu'épouse

adultère, je méritais le mépris et la mort;
qu'ayant abjuré tout honneur, un jour je serais
punie... mais le châtiment dépasse la faute.
Un crime!... Faire épouser Marguerite à M. de
Monti, c'était un crime; celui-là, j'étais prête à
le commettre; mais l'autre! A quelle ivresse ai-je
obéi? Et je l'ai aimé!... quelle misérable créature suis-je donc? Ses baisers me brûlent... ils
ont imprimé sur moi une souillure ineffaçable!
Je n'oserai plus lever les yeux... Ce meurtre...
je croirai l'avoir commis... toute ma vie, je me
verrai traînée sur le banc des accusés, devant un
tribunal qui me juge et qui me condamne. Ah!
si la justice des hommes ne peut m'atteindre...
la justice de Dieu me frappe aujourd'hui. Qui
fera taire ma conscience? Par quel repentir pour-
rai-je racheter ma faute?... Non, je suis indigne de pardon. La mort serait trop douce. Je
me condamne à vivre. Mon cœur, qui avait rêvé
l'amour et n'a trouvé que la honte, je ne veux
plus qu'il batte. Je n'ai plus le droit d'aimer...
pas même mon enfant! Mes lèvres souillées ne
toucheront plus son front. Je vivrai seule, seule
avec mes remords, jusqu'à ce qu'il plaise à
Dieu de mettre fin à mon supplice. Ah! maudit
soit le poison qui a coulé dans mes veines, mau-

17.

dit soit le jour qui m'a vue naître !... ma tête se perd... je deviens folle !

Lucy tordait ses mains avec désespoir, et incapable de penser, les yeux sans larmes, les traits contractés par la douleur, elle restait ainsi, morne, accablée sous les remords et la honte; les heures s'écoulaient et Dieu seul eût pu dire ce qui se passait dans cette âme éperdue.

Armand avait pris la résolution d'éviter pendant quelques jours de parler à Lucy.

Il comprenait que, pour le projet qu'il carressait, il ne pouvait trouver dans sa maîtresse une complice docile qu'autant qu'il la laisserait peu à peu s'habituer à l'idée d'un crime.

Il s'attendait à une résistance, à des scrupules qu'il combattrait à force d'audace et de ruse. Aussi fut-il assez surpris et un peu inquiet lorsque Lucy lui donna rendez-vous pour le soir même.

— Me serais-je trompé? se dit-il, et aurais-je moins de peine à la décider que je ne le croyais. Ne nous pressons point. Dans une affaire de ce genre, le succès est à qui sait attendre.

A l'heure dite, il vint frapper à la porte de la chambre de Lucy.

Mme du Villars l'attendait.

— Monsieur, lui dit-elle, je vous ai prié de venir, mais je ne vous retiendrai pas longtemps. Une explication est inutile. Je n'ai que deux mots à vous dire : Dès demain, vous quitterez Grandpré.

— Plaît-il? dit Armand, ne pouvant se méprendre à l'expression de haine qui éclatait dans le regard de Lucy. Comment dites-vous cela?

— Je vous chasse!

— Ah! ah! ah! ah! fit-il en éclatant de rire et se laissant tomber sur un fauteuil. Vous êtes superbe, ma chère! Et pourquoi, s'il vous plaît, me... chassez-vous?

— Faut-il vous le dire? s'écria Lucy en fixant sur lui un regard devant lequel, malgré toute son audace, il dut baisser le sien.

— Je n'aime pas les scènes... Je dois vous en prévenir. Ce n'est pas ma faute, si vous jetez feu et flamme pour une plaisanterie... elle vous a déplu, n'en parlons plus... et faisons la paix, ma chère!

Et le bel Armand, essayant la puissance de son irrésistible fascination, tendit les bras à Lucy.

— Je vous chasse, parce que vous êtes un misérable!

— Eh! eh! vous n'avez pas toujours eu de

moi si mauvaise opinion... Me chasser! vous oubliez, ma chère, que je suis ici chez moi.

— Oui, dit Lucy, dont un amer sourire plissait les lèvres; oui, vous êtes mon amant; oui, je me suis donnée à vous, et ce sera la honte de toute ma vie; oui, j'ai été votre esclave; mais quoi qu'il arrive, je secoue mes chaînes, je ne vous aime plus, si l'on peut donner le nom d'amour aux liens qui m'attachaient à vous. Vous qui n'eussiez pas reculé devant un crime pour accomplir vos desseins, vous comprendrez que j'accomplirai le mien qui est de revendiquer ma liberté et de vous faire sortir de cette maison où vous avez apporté l'opprobre.

— Je ne sortirai pas, Madame! Vous êtes à moi, et si ce n'est plus par l'amour, puisque vous prétendez ne plus m'aimer, vous m'appartenez par cet enfant qui dort à deux pas de nous, et qui est le mien!

Et Armand, se levant, se dirigea vers l'alcôve où reposait le petit Maurice.

Lucy lui barra le passage.

— Cet enfant! s'écria-t-elle, vous n'avez aucun droit sur lui! Plutôt que de vous laisser le toucher de votre main, le souiller de votre souffle, je le tuerais!

— Cet enfant m'appartient. Osez donc le nier!
Si vous refusez de m'obéir, je vous l'enlèverai.

— Et moi, si vous refusez de partir, je vous
fais surprendre dans cette chambre par M. du
Villars. Vous souriez, parce que vous ne pouvez
croire à cette menace, — parce que peut-être
vous vous dites que Gaston est faible et insou-
ciant. Oh! je saurais encore faire vibrer en lui
la colère et la haine, quand je lui dirai que vous
êtes mon amant. Il me tuera, mais il vous tuera
aussi, Armand! Tout m'est indifférent maintenant, peu m'importe de mourir; et après la honte
d'avoir été votre maîtresse, il n'est plus rien qui
puisse m'avilir... Partirez-vous?

— Non!

Lucy mit la main sur le cordon d'une son-
nette.

— Eh bien... oui, je partirai, fit Armand
devenant blême à la pensée de voir apparaître
Gaston. Après tout, tôt ou tard, je me serais lassé
de vous. Quant à l'enfant, qui est bien à moi, je
vous le laisse... j'en ai bien d'autres de par le
monde, dont je me soucie peu, et ce que j'en
disais...

— Mais partez donc! ne voyez-vous pas que
j'ai des tentations folles de mettre fin à ma tor-

ture en appelant à l'aide ? Si demain, entendez-vous, demain, vous n'avez pas trouvé un prétexte pour rompre le marché qui vous attache à M. du Villars, je vous dénonce en me dénonçant moi-même...

Comprenant que toute résistance était impossible devant cette volonté implacable, Armand partit enfin, en murmurant une vague menace.

La force factice qui soutenait Lucy l'abandonna alors ; elle chancela, et tombant à genoux devant le berceau de son fils, elle essaya de prier, mais ses lèvres murmurèrent des mots sans suite, et elle ne put retrouver dans son souvenir la prière qu'enfant elle adressait à Dieu.

VI

Léon errait comme une âme en peine dans le parc de Grandpré. Il songeait avec une impatience fiévreuse que son sort se décidait en ce moment, que sans doute Mme du Villars avait tenu sa promesse et que Marguerite était instruite de ses projets.

Il voulut revoir ce sombre bosquet où il avait échangé avec elle les premiers mots de son charmant roman.

Que de chemin parcouru depuis cette entrevue ! Comme cette amitié fraternelle s'était vite changée en un profond amour !

Pour la première fois peut-être, Léon était fier de cette fortune qui allait lui permettre de faire marcher d'enchantement en enchantement celle qu'il regardait déjà comme sa femme.

Il la voyait souriante, le bras passé sous le sien, visitant avec lui leurs vastes domaines; puis, l'hiver, à Paris, dans le monde où il la présentait, il entendait la foule murmurer : Qu'elle est belle! tandis que Marguerite lui disait tout bas : Que je suis heureuse! Puis, continuant son rêve, il se retrouvait à l'automne, dans son château de Monti... Sur la pelouse se roulait un enfant... Ce voile de l'avenir, que soulevait sa pensée, lui découvrait de si douces joies qu'il sentait son cœur défaillir.

Des pas légers sur le sable de l'allée le firent tressaillir, et, comme il relevait la tête, Marguerite parut à l'entrée du berceau de verdure.

Savait-elle que Léon était là? L'avait-elle surpris à son tour en flagrant délit de rêverie?... Le cœur du jeune homme se mit à battre si fort, qu'incapable de prononcer un mot, il se leva et, saluant respectueusement la jeune fille, il allait s'éloigner sans oser l'interroger, mais, l'arrêtant d'un geste :

— Restez, M. de Monti, lui dit-elle d'une voix empreinte d'une tristesse qui n'échappa point à Léon.

Il y eût une minute, — un siècle de silence.

— Marguerite ! dit enfin Léon, sans lever les yeux, Mme du Villars vous a parlé...

— Oui, Monsieur, murmura la jeune fille.

Il interrogeait, anxieux, le visage de Marguerite.

— J'ai eu tort, s'écria-t-il, je devais attendre encore, je comprends l'arrêt que vous allez prononcer. Vous ne pouvez m'aimer...

— Vous vous trompez, M. de Monti ! je vous aime... Et c'est au nom de cet amour même, né dans mon cœur à mon insu, que je vous supplie de m'oublier.

— Vous oublier !

— Vous souvenez-vous qu'ici même je vous ai dit : je ne saurais accepter votre amitié que si, dès la première heure, aujourd'hui comme toujours, vous prenez l'engagement de n'être jamais pour moi qu'un frère.

— Mais je vous aimais déjà quand je faisais ce serment ! Depuis j'ai appris à vous connaître, et mon amour est devenu plus fort. Ce que j'aime en vous aujourd'hui, c'est moins votre beauté, votre jeunesse, votre grâce, que la pureté, la candeur de votre âme loyale.

18

— Vous ne savez pas combien vos paroles me font de mal, répondit Marguerite, pâle comme une morte.

— Vous dites que vous m'aimez, car j'ai bien entendu : cet aveu s'est échappé de vos lèvres... et vous refusez d'être ma femme ? Je devine, vous êtes fière, et votre orgueil se révolte à la pensée d'accepter une fortune !

— Non. J'eusse été heureuse de tout vous devoir, fière de tout accepter de vous, mais il est trop tard !

— Que dites-vous ?

— Je n'ai droit ni à votre amour, ni à votre estime, je suis indigne de porter votre nom, je ne suis qu'une pauvre fille... perdue !

— Vous ! vous, Marguerite ! s'écria Léon, qui se leva tout chancelant.

La jeune fille avait caché son visage dans ses mains et de Monti qui sentait son cœur se briser retomba assis, en étouffant un sanglot.

— Vous avez bien agi en me parlant ainsi, fit-il enfin. Ah ! vous venez de mettre mon cœur à une rude épreuve et je ne savais pas tant vous aimer ! Achevez votre confidence, il le faut, j'ai le droit de tout savoir.

— Quoi ! vous ne vous éloignez pas de moi

avec mépris, vous ne m'accablez pas de votre colère ?

— Il est un nom qu'il faut me dire.

— Jamais ! Plutôt mourir. Par pitié, Monsieur, ne m'interrogez plus.

— Mais tu ne comprends donc pas que je t'aime encore et malgré tout, que mon cœur se brise à la pensée de renoncer à toi, et qu'enfin j'ai toujours le droit de te pardonner, Marguerite !

— Je suis indigne de votre pardon ; je ne commettrai pas cette déloyauté de porter votre nom ! Adieu ! adieu pour toujours !

Et comme si elle eût voulu se fuir elle-même, la jeune fille s'élança hors du bosquet, sans que Léon, immobile et comme frappé de stupeur, songeât à la rappeler.

— Ce nom qu'elle refuse de me dire, pensa-t-il, Mme du Villars le sait peut-être, et, quelques instants plus tard, il était reçu par Lucy.

En voyant les traits bouleversés de Léon, Mme du Villars soupçonna une partie de la vérité.

— Vous avez vu Marguerite ; que vous a-t-elle dit ? demanda la jeune femme dont la voix tremblait malgré elle.

— Qu'elle refusait mon nom dont elle est indigne.

— Elle n'a fait que son devoir en vous répondant ainsi, Monsieur !

—. Vous connaissiez donc ce secret, Madame?

— Je viens de l'apprendre comme vous, de la bouche même de Marguerite, répondit Lucy en rougissant.

— J'aime Mlle Vialin d'un amour dont je ne soupçonnais pas l'étendue, murmura Léon, et qui me donnera la force de lui pardonner, quand j'aurai châtié celui qui a détruit ainsi tous mes rêves de bonheur.

— Vous battre avec cet homme, dit Lucy avec un sourire amer, oh! non ! il n'est pas digne de croiser le fer avec vous. Écoutez ! Il est un être vil, fourbe et lâche, méprisable entre tous ; on l'aime d'un amour fatal, comme on aimerait Satan; pour une heure d'ivresse, il vous laisse toute une vie de douleurs et de honte; cet homme, c'est l'amant de Marguerite. Faut-il vous le nommer ?

— Armand ! s'écria Léon.

— Oui, Armand! le bel Armand, voilà votre rival, M. de Monti; c'est pour lui qu'une jeune fille, belle et chaste avant que le regard de cet homme se fût attaché sur elle comme une première souillure, s'est perdue à jamais. Tant que cet homme vivra, il n'y aura pas une heure dans sa vie qui ne soit une torture... Ah! si vous aimez Marguerite, M. de Monti, tuez-le sans pitié, débarrassez la terre de ce monstre !

Léon, frappé de l'exaltation des paroles de Lucy, jeta sur elle un regard furtif et vit dans ses yeux une telle expression de haine, qu'un doute traversa sa pensée, mais déjà Lucy, comprenant qu'elle allait se trahir, s'était composé un visage impénétrable.

— J'accomplirai mon devoir, dit Léon, redevenu calme et résolu; veuillez seulement, Madame, garder secrète, vis-à-vis de Mlle Vialin, la révélation que vous venez de me faire.

Et, saluant la jeune femme, il se retira.

Lucy resta longtemps après le départ du jeune homme comme absorbée dans une muette rêverie, mais son pâle visage s'éclairait d'un rayon de joie et un vague sourire entr'ouvrait ses lèvres.

18.

VII

Au lendemain de sa dernière entrevue avec Lucy, Armand, prenant Gaston à part, au moment où celui-ci s'apprêtait à courir les champs, lui avait, avec mille précautions oratoires, offert sa démission.

Il s'attendait à une résistance très-vive, mais il put constater, dès les premiers mots, que, chez Gaston, les sympathies s'effaçaient aussi vite qu'elles naissaient.

— Eh bien, mon cher, répondit insoucieusement le seigneur de Grandpré, je règlerai votre compte ce soir et dès demain vous pourrez partir.

Puis, sifflant Sultan, qui attendait impatiem-

ment la fin de ce colloque, il prit le premier
sentier venu et s'enfonça dans la plaine.

Armand ne put s'empêcher de penser qu'il
perdait par sa faute une belle et bonne position,
car, avec la même indifférence, Gaston l'eût
laissé s'implanter définitivement dans sa famille
comme une herbe parasite.

Une sourde colère s'amassait dans le cœur du
paysan. Il s'était cru indispensable : la femme
le chassait et le mari se séparait de lui sans le
moindre regret; de ses deux maîtresses, l'une le
repoussait avec horreur, l'autre allait se marier.

Son amour-propre de séducteur, singulièrement
froissé, lui inspira la pensée d'empêcher à tout
prix ce mariage, et il voulut jouer avec Marguerite le rôle d'un amant au désespoir. Il chercha
dans son souvenir quelques phrases sonores que,
pendant son séjour à Paris, il avait entendu
débiter dans un drame du boulevard. Mais la
jeune fille le couvrit de son mépris, n'essayant
pas de lui cacher le dégoût qu'il lui inspirait.

Comme le magicien dont un mauvais génie
annihilerait les talismans, Armand vit s'émous-
ser son terrible regard devant la froide colère de
la jeune fille.

Il menaça de la perdre et Marguerite lui apprit

qu'elle avait tout avoué à M. de Monti, ajoutant
que, s'il ne cessait de la poursuivre, elle n'hési-
terait pas à le dénoncer à M. du Villars comme
l'amant de sa femme.

Au milieu de toutes ces haines, sa position
devenait réellement critique; aussi, jetant aux
orties flèches et carquois, notre agreste Cupidon
songea-t-il à opérer au plus vite une retraite
prudente et à fuir un toit où ses mérites étaient
méconnus.

Sa propre sécurité exigeait toutefois qu'il
attendît le retour de Gaston.

Celui-ci rentra d'assez bonne heure, fit signe
à Armand de le suivre, le paya et sans plus
d'explications pria, au milieu du dîner, de Monti
de lui adresser le nouveau secrétaire dont il lui
avait parlé, Armand devant, dès le lendemain,
quitter Grandpré.

Par un prodigieux effort de volonté, les deux
jeunes femmes parvinrent à faire bonne conte-
nance, si bien que rien ne put dénoncer aux
yeux peu clairvoyants de Gaston les sentiments
tumultueux qui les agitaient.

. . . .

Le jour venait de paraître. Armand avait
passé une bonne partie de la nuit à faire ses

préparatifs de départ et se disposait à s'éloigner
sans plus de cérémonie du théâtre de ses
exploits.

Devant la porte du pavillon qu'il occupait,
Léon, devançant l'aurore, se promenait silen-
cieusement ; de sorte qu'au moment où l'ex-
secrétaire de M. du Villars franchit le seuil de
sa demeure, Léon n'eut qu'un pas à faire pour
passer amicalement son bras sous celui du
fugitif.

— Permettez, lui dit-il, que je vous recon-
duise, cher M. Armand.

— Que signifie, Monsieur ? balbutia le paysan.

— Cela signifie que nous avons à causer et
que nous serons plus à l'aise loin des oreilles
indiscrètes, au carrefour du Loup, tenez, à deux
cents pas d'ici.

— Mais, Monsieur, je ne permettrai pas...
fit Armand, essayant de dégager son bras de
l'étreinte de Léon.

— Que vous le permettiez ou non, nous mar-
cherons ensemble, répondit de Monti, qui, doué
d'une force musculaire peu commune, retint irré-
sistiblement le bras du bel Armand emprisonné
sous le sien.

Tandis que Léon l'entraînait bon gré mal gré,

Armand perdait visiblement de son assurance. Il jetait autour de lui des regards effarés comme pour évoquer un sauveur qui ne répondit pas à son appel.

Ils n'avançaient que lentement, car, sous l'empire d'une terreur croissante, le paysan sentait ses jambes fléchir sous lui et plus le but de cette promenade forcée se rapprochait, plus il se faisait littéralement traîner. Il n'opposait plus du reste qu'une résistance passive, et, la gorge serrée par la peur, il n'osait plus protester.

Enfin ils arrivèrent au carrefour du Loup, et pénétrèrent dans une clairière dont l'aspect devait éveiller bien des souvenirs chez le bel Armand.

Lui lâchant alors le bras et plantant ses yeux dans les siens :

— Il faut avouer, lui dit Léon de Monti, que vous êtes un fieffé coquin !

— Monsieur, balbutia l'autre, qui songeait vaguement à fuir, une telle violence...

— Ah çà, maître fourbe, n'avez-vous jamais pensé qu'un jour vous paieriez en une seule fois toutes vos infamies ? L'heure est venue de régler votre passé.

J'aime Mlle Vialin, or il paraît que vous avez

été son amant, donc vous êtes de trop, et je vais vous tuer.

— Un guet-à-pens! dit Armand, devenant blême.

— Non, car je veux vous faire un honneur que vous ne méritez guère : je vais me battre avec vous.

— Je ne me battrai pas, répondit Armand, qui reprenait un peu d'assurance. Vous aimez Marguerite? Je vous laisse cette fille puisqu'elle vous plaît. Qu'est-ce que vous voulez de plus? je quitte Grandpré aujourd'hui même.

— Vraiment? M. Armand me fait cette grâce de me céder sa maîtresse? fit Léon avec ironie. Grand merci! Mais comme, toi vivant, elle ne saurait t'oublier, il faut que tu meures. Voici une arme, défends-toi!

Et Léon présentait un pistolet au bel Armand qui instinctivement fit un pas en arrière.

— Tu refuses de te battre? fit Léon; prends garde! ne me tente pas! la main me démange furieusement de te loger une balle dans la tête. Défends-toi, te dis-je!

Armand leva les yeux sur son adversaire, et un sombre éclair brilla dans ses yeux.

— Soit, dit-il, nous nous battrons, et il saisit

l'arme que Léon lui tendait. Mais, ajouta-t-il...
nous battre sans témoins... et il promenait un
rapide regard autour de lui.

— Calme tes scrupules, Dieu nous voit et
cela suffit.

— C'est donc Marguerite qui vous a conté la
chose ?

— Oui, Marguerite, qui te méprise et qui te
hait.

— Elle ne vous a dit que la moitié de mon
secret, car j'étais aussi l'amant de Mme du
Villars.

— Tu mens !

— Pourquoi mentirais-je ? Je puis bien vous
avouer cela, à vous, car vous n'irez le répéter à
personne.

Et d'un mouvement prompt comme la pensée,
le misérable déchargea son pistolet presqu'à
bout portant dans la poitrine de Léon.

Celui-ci chancela, mais il resta debout.

Épouvanté du crime qu'il venait de commettre, Armand voulut fuir, mais il n'avait pas
fait dix pas, qu'un coup de feu retentit et que,
battant l'air de ses bras, il tomba la face contre
terre.

Léon sortit en chancelant de la clairière : une

sueur froide mouillait ses tempes, des nuages passaient devant ses yeux.

Il tomba sur un genou, mais rappelant ses forces défaillantes, par un effort suprême, il se traîna quelques pas encore, s'arrêtant toutes les secondes.

Enfin il touche à la grille du parc... parvient à gravir les degrés du perron. La porte du salon est ouverte, il aperçoit comme dans un rêve une forme blanche qui s'élance au devant de lui.

— Marguerite! murmure-t-il, vivez heureuse, je l'ai tué!

Puis il tombe expirant sur le tapis.

. . . .

Retournons au carrefour du Loup où nous avons laissé le bel Armand mordant la poussière dans les convulsions de l'agonie.

Une femme est penchée sur lui et soutient dans ses bras sa tête inanimée. Elle entr'ouvre les vêtements du blessé et, posant la main sur son cœur, elle tressaille, car elle a cru sentir un faible battement.

Bientôt en effet le malheureux pousse un soupir, puis levant un vague regard sur celle qui épie anxieusement son réveil :

— Toi, Madeleine ! murmure-t-il.

— Oui, moi, Armand !... j'étais là... j'ai
tout vu.

Un vague sentiment d'épouvante se peint
sur les traits du paysan.

— Ne crains rien... je me tairai, dit Madeleine. Mais tu ne peux rester là... te sens-tu
la force de te traîner... appuie-toi sur moi.

— Oui... fuir !... il faut me cacher. Je l'ai
tué... on va venir m'arrêter... vite ! fuyons,
Madeleine !

Et Armand essaie de se soulever, mais cet
effort l'épuise, il retombe... une pâleur plus
livide encore envahit ses traits.

— Je ne peux pas !... est-ce que je vais
mourir ?...

— Armand ! songe à Dieu ! songe à ton fils...
repens-toi ! prie ! dit Madeleine.

— Je ne sais pas... donne-moi ta main...
je ne vois plus... dis-moi, mon fils ?... j'aurais
voulu... l'embrasser. Mon fils !... j'en ai un
autre là-bas. Elle ne veut pas l'avouer, mais il
est bien à moi, va !... Lucy ! Marguerite !!
chasse-les, chasse-les, Madeleine ! elles me
dénoncent... on va les entendre ! assassin !...
assassin ! Te rappelles-tu ? tu m'as dit un jour

que je n'avais pas de cœur et que cela me por-
terait malheur... tu avais raison, Madeleine
ah ! j'étouffe ! de l'air ! je meurs !...

Le misérable se tordit dans une suprême
convulsion, jeta un sombre regard sur celle qui,
le pardon sur les lèvres, receuillait son dernier
soupir, puis, un flot de sang lui montant à la
gorge, il expira.

Madeleine rompit deux branches qu'elle mit
en croix sur la poitrine du mort, et déposant un
baiser sur son front, elle courut au village
prévenir le père d'Armand.

Une heure plus tard, celui-ci faisait enlever
sur une civière le cadavre de son fils.

Madeleine raconta à cet homme qui, nous
l'avons dit, était le maire de Grandpré, les
détails du duel d'Armand et de M. de Monti,
dont le hasard l'avait rendue témoin.

Elle affirma que le combat avait été loyal, et
le paysan, lui ayant fait promettre de ne point
ébruiter l'affaire, obtint du curé qu'on ne refusât
pas les dernières prières à son fils.

Armand fut enterré le lendemain, à la nuit
tombante ; comme le défunt était l'objet de l'exé-
cration générale, nul ne l'accompagna à sa dernière demeure que son père et une femme qui

suivit le triste convoi, en tenant par la main un jeune enfant.

Quand la dernière pelletée de terre eut recouvert la dépouille d'Armand, Madeleine, s'agenouillant sur la tombe, lui adressa un dernier adieu, fit au ciel une dernière prière et s'éloigna.

Le lendemain elle avait quitté Grandpré avec son fils, et nul ne sut jamais ce qu'elle était devenue.

VIII

— La balle a passé entre les côtes, et légèrement attaqué le poumon, répondait le docteur
Burdel, qu'un domestique venait de ramener en
toute hâte de Vierzon. Je ne saurais me prononcer encore. A cet anéantissement va succé-
der une fièvre intense; la constitution robuste de
M. de Monti me fait espérer qu'il résistera à cet
assaut. Il faut, autour du blessé, le plus profond
silence, le calme le plus absolu... surtout qu'il
ne parle pas...

Et saluant Mme du Villars qui, debout près du
lit sur lequel on avait étendu Léon, écoutait,
anxieuse, ses recommandations, le docteur se
retira.

Gaston rentrait de la chasse sur ces entrefaites;

19.

on le mit au courant de ce qui s'était passé ;
c'est-à-dire que, selon toute apparence, Armand,
à la suite de quelques mots acerbes de Léon,
l'avait provoqué, qu'un duel s'en était suivi,
que dans ce duel Armand avait succombé, et
que Léon était grièvement blessé.

Gaston trouva donc tout naturel que sa femme
s'installât au chevet du malade, et ce qu'il vit
de plus fâcheux en tout cela, c'est qu'il allait
être privé du concours de son ami dans son
élection dont quelques semaines le séparaient à
peine.

Marguerite attendait, en proie à une inquiétude inexprimable, l'issue de la visite du docteur. Quand elle l'eut vu remonter dans la voiture qui stationnait au bas du perron, elle se
dirigea vers la chambre où Léon gisait inanimé.

La nuit tombait, une lampe éclairait seule la
vaste pièce dont on avait, avec soin, fermé les
rideaux.

Dans la demi-obscurité où le lit était
plongé, on entrevoyait à peine le jeune homme
dont la tête pâlie reposait sur l'oreiller. Encadré
par sa barbe d'un noir de jais, qui faisait res-
sortir plus encore la froide pâleur de ses traits,
Léon était beau d'une beauté sculpturale.

Rien n'indiquait encore la fin de ce long évanouissement qui ressemblait à la mort.

Marguerite, indécise et tremblante, n'osait avancer.

Lucy, devinant la présence de la jeune fille plutôt qu'elle ne l'entendît, se retourna et, un doigt sur ses lèvres, lui fit signe d'approcher. Après avoir effleuré de ses lèvres la main inerte du jeune homme, elle leva les yeux sur Lucy comme pour lui adresser une muette question.

— Il vit... répondit Lucy à voix basse; et peut-être le sauverons-nous!

Marguerite se laissa tomber sur un fauteuil et couvrant son visage de ses mains éclata en sanglots.

Le blessé fit un léger mouvement; la vie, pour ainsi dire suspendue, reprenait son cours. Il entr'ouvrit les yeux, et promena autour de lui ce regard troublé de l'homme qui s'éveille d'un long évanouissement.

Malgré les signes de Lucy, la jeune fille, cédant à un mouvement irréfléchi, s'avança tout-à-coup tremblante d'émotion.

— Marguerite! murmura Léon d'une voix faible comme un souffle.

Une joie indicible brillait sur son visage; il

prit la main de la jeune fille et la porta à ses
lèvres, puis, dans une muette et éloquente prière,
il regarda les deux jeunes femmes, qui comprenant, sans doute, se jetèrent dans les bras l'une
de l'autre.

Cette réconciliation, sans qu'un mot eût été
échangé, devant le lit de douleur où gisait
celui qui venait de les venger, avait quelque
chose de grand et de solennel.

Heureux d'avoir été compris, Léon remercia
la jeune fille d'un regard où se lisait le pardon
et l'amour, puis il referma les yeux et s'endormit.

Marguerite s'agenouilla devant Lucy; celle-ci,
lui mettant un baiser sur le front, la releva doucement et, lui montrant le visage calme du jeune
homme endormi :

— Je te jure que nous le sauverons! lui dit-
elle. Courage, Marguerite!

Ce qu'avait prédit le docteur se réalisa de
point en point. Au bout d'une heure de ce lourd
sommeil, Léon se réveilla en proie au délire de
la fièvre. Il prononçait des mots sans suite...
Retraçant la scène du carrefour du Loup, il mau-
dissait Armand, qu'il appelait assassin; reconnaissant Lucy, il lui disait :

— Il se taira... les morts ne parlent pas...
Gaston ne saura rien ; mais prenez garde ! le
lâche ! il a tiré sur moi à bout portant...

Puis il appelait Marguerite à grands cris, et
ne se calmait un peu que lorsque la jeune fille,
se penchant sur lui, lui abandonnait sa main sur
laquelle il collait ses lèvres brûlantes...

Cela dura de longues heures ainsi ; heures terrifiantes, pendant lesquelles, dans cette organi-
sation, riche de jeunesse et de vigueur, il se livra
une lutte effroyable contre la mort.

Une nuit, cette surexcitation tomba tout-à-
coup, et le jour commençait à poindre lorsque
Léon s'assoupit enfin.

Il était sauvé.

Le docteur, après avoir tâté le pouls de son
malade, déclara qu'il répondait de sa vie, à la
condition, toutefois, qu'aucune émotion violente
ne viendrait entraver l'œuvre réparatrice de la
nature.

Jamais sœurs de charité ne veillèrent au chevet d'un malade avec plus de dévouement que
les deux jeunes femmes, dont une réconciliation
sincère avait exalté l'affection.

Elles rivalisaient de zèle et, dans les premiers jours, Marguerite ne quitta pas Léon.

La reconnaissance et l'amour donnaient à la jeune fille des forces surhumaines.

La guérison fut lente et difficile.

Mais les symptômes alarmants avaient disparu, et Léon entrait dans la période d'une rapide convalescence.

A partir de ce moment, Marguerite se tint éloignée, laissant Lucy la remplacer au chevet de Léon.

Elle semblait redouter de se trouver seule avec lui; elle écartait volontairement toute occasion qui aurait permis à M. de Monti de lui parler du passé et plus encore de l'avenir.

IX

Mme de Grandpré, à la suite d'une excursion sur les plages en vogue, vint à l'improviste surprendre ses enfants.

Lucy n'avait pas jugé à propos d'instruire sa mère d'un événement qui avait si étrangement troublé le calme apparent de sa vie.

Aussi en apprenant le trépas du bel Armand, tué en duel par M. de Monti, la romanesque Adrienne poussa-t-elle des exclamations à perte de vue.

— Je l'avais bien jugé ! s'écria-t-elle ; beau comme Apollon et brave comme saint Georges ! Pauvre jeune homme ! Si j'avais été là, je me serais jetée entre les combattants, et il vivrait encore !

Mais remarquant le peu de succès qu'obtenait auprès de sa fille l'apologie du don Juan défunt, elle n'osa pousser plus avant son éloge funèbre, et, changeant subitement de gamme, elle réclama, comme un droit imprescriptible, de s'associer aux bons soins qu'exigeait la santé encore chancelante de M. de Monti.

Il fallut, bon gré mal gré, lui permettre de s'installer au chevet du blessé, auquel, sous prétexte de distraction, elle causa des accès de fièvre imprévus, en lui contant, pendant des heures entières, toutes les anecdotes plus ou moins édifiantes qu'elle avait recueillies pendant son voyage de circumnavigation autour des casinos à la mode.

Puis, son écheveau de cancans dévidé, la noble dame, prétextant que sa présence était indispensable à Paris où les ouvriers achevaient de transformer son hôtel en un palais féerique, partit un beau matin, donnant, sans plus de façon, sa démission de garde-malade.

Bientôt Léon se sentit assez fort pour descendre au jardin. Il voulut rendre cette première visite aux arbres et aux fleurs, appuyé sur le bras de Marguerite.

Lucy, debout sur le perron, les regarda partir,

leur adressant un sourire et les saluant de la main.

C'était une de ces journées où l'atmosphère est chargée de tièdes senteurs; où la nature, avant de quitter sa verte couronne, semble vouloir être plus radieuse encore, et empourpre les feuilles des arbres de tons harmonieux.

Qu'il était heureux de vivre, après avoir de si près touché au tombeau! Appuyé sur le bras de la femme aimée, combien il trouvait de charme à cette résurrection inespérée!

L'espérance et l'amour mettaient sur son front comme un rayonnement de bonheur.

— Marguerite! disait-il, oublions le passé, ne songeons qu'à l'avenir. Il s'offre à nous avec toutes ses enivrantes promesses. Je vous dois la vie, mais ce sont moins encore vos soins et votre dévouement qui m'ont sauvé, que la pensée que je vous la consacrerais. Je vous aime! Vous êtes pour moi la plus belle, et votre âme, égarée un instant, s'est retrempée au contact de notre amour; car je ne puis oublier qu'un aveu est sorti de vos lèvres...

Marguerite écoutait avec ravissement ces paroles qui répondaient à toutes les aspirations de son cœur; et cependant un nuage assombrissait ses yeux; son front s'inclinait vers la terre et une larme vint, comme une chaude rosée, tomber sur la main de Léon.

— Vous pleurez! lui dit-il. Chassez loin de vous cette tristesse, Marguerite. Jetons entre ce passé qui vous poursuit, comme un vain fantôme, le voile d'or de l'avenir. Dites-moi que vous consentez à être ma femme; laissez-moi passer à votre doigt l'anneau de fiancée, ce sera pour vous le plus sûr talisman.

— Non! — pas encore!... plus tard! je vous en prie, murmura la jeune fille d'un ton suppliant.

Ce n'était ni un refus, ni une promesse; Léon n'insista pas.

— Rentrons, dit-elle; le soleil baisse, et l'air s'est rafraîchi. C'est assez pour aujourd'hui... il faut ménager vos forces.

Les deux jeunes gens rentrèrent au château, et Léon s'endormit, ce soir-là, bercé par tous les rêves qui hantent le sommeil des amoureux.

Le lendemain, Marguerite ne parut pas à l'heure accoutumée.

Lucy était sous l'empire d'une préoccupation qui n'échappa point à Léon; par deux fois elle s'était approchée de lui comme pour lui parler, mais elle s'était éloignée sans rien dire.

Enfin, vers le soir, Mme du Villars s'adressant à Léon, lui dit :

— M. de Monti, faites appel à tout votre courage ! j'ai une mauvaise nouvelle à vous apprendre...

— Marguerite? interrogea anxieusement Léon.

— Marguerite a quitté Grandpré ce matin.

— Quitté... pour longtemps ?

— Pour toujours !

— Mais, c'est impossible !

— Lisez ! et Lucy tendit une lettre à Léon. Voici les adieux qu'elle vous adresse. Pardonnez-moi si le courage m'a manqué pour vous remettre plus tôt cette lettre.

Voyant Léon rompre en tremblant le cachet, Lucy posa la main sur l'épaule du jeune homme, et lui dit ce seul mot:

— Courage ! puis elle le laissa seul.

« Léon, je pars, disait Marguerite; vous ne
« me reverrez plus. N'accusez pas mon cœur, il
« vous appartient tout entier. Je sais que je
« vais vous causer un grand chagrin; mais plus
« tard vous me remercierez. Je pars en empor-

« tant votre pardon ; je pars aimée de vous! Je
« ne vous laisse qu'un bon souvenir ; si j'étais
« restée, si j'avais consenti à porter votre nom,
« peut-être l'eussiez-vous regretté un jour. Ne
« cherchez pas à connaître le lieu de ma re-
« traite. Je vous jure que, ne pouvant être à
« vous, je ne serai à personne.

« Adieu pour toujours! ne maudissez pas
« celle qui vous aime et ne vous oubliera
« jamais.

« MARGUERITE. »

Après avoir achevé la lecture de cette lettre
qui détruisait ses plus chères espérances, Léon
resta longtemps absorbé dans une immense
douleur.

Lucy, rentrant sans bruit, vint lui prendre la
main et la serra dans une muette étreinte.

— Où est-elle? dit-il enfin à Lucy. Vous aurez
pitié de moi, Madame. Vous me répondrez!

— J'ai juré de me taire, répondit-elle Ne me
demandez pas de me parjurer. Marguerite a bien
agi. Il est des fautes que rien ne peut faire
oublier, ni le temps ni le pardon...

Lucy tremblait en prononçant ces mots et,
malgré elle, courbait la tête.

— Il n'est pas de faute que le repentir ne puisse effacer, Madame. Mais parlons de Marguerite.

— Et de qui parlons-nous donc, Monsieur, murmura la jeune femme.

— D'elle! d'elle seule! répondit Léon, serrant la main de Mme du Villars. Ce serment vous ne le tiendrez pas. Je veux courir sur ses traces, me jeter à ses pieds! Ce sacrifice, je ne l'accepte pas. Elle sera ma femme; elle en est digne par ses regrets et par son amour.

— J'ai juré de me taire, répéta Lucy.

— C'est bien! je la retrouverai... dès ce soir, je pars.

. . . .

Mais Léon ne partit pas : sa blessure, à peine cicatrisée, se rouvrit; — une fièvre terrible se déclara. Le délire, pendant deux longs mois, s'assit à son chevet et ne le quitta qu'après avoir brisé son corps et son esprit.

Lorsque son intelligence se réveilla, l'apaisement s'était fait dans son cœur et lorsqu'il apprit, de la bouche de Lucy, que Marguerite avait prononcé des vœux éternels, il comprit que c'était là le seul dénouement possible à cet amour sans issue.

X

Léon, dont la convalescence dura longtemps, passa l'hiver au château.

Les jours s'écoulèrent calmes et tranquilles.

Lucy semblait heureuse. Rien de plus paisible en apparence que la vie de cette femme délivrée du mauvais génie qui l'avait entraînée dans l'abîme. Et cependant dans le fond de son cœur saignait une blessure incurable, le remords d'une faute que rien ne pouvait racheter.

Elle était mère, cependant, et elle eût dû puiser des consolations dans l'amour de son fils. Mais depuis le jour où son amant, le père de ce vivant souvenir d'une honte ineffaçable, lui avait proposé de commettre un crime, elle avait fait le serment que jamais ses lèvres ne toucheraient

le front de son enfant, et, courage surhumain !
elle tenait son serment.

Elle aimait son fils d'une tendresse passionnée
et s'imposait le supplice de ne jamais le serrer
dans ses bras.

Le petit Maurice, en grandissant, portait sur
le front comme une éternelle accusation contre
sa mère.

De jour en jour se développait une ressemblance fatale qui en faisait la vivante image du
bel Armand.

Lucy se croyait seule à l'avoir remarqué, mais
parfois Léon attachait sur l'enfant un regard
d'une fixité singulière.

Lorsque Gaston s'arrêtait pour admirer le
bambin qui remplissait la maison de ses cris et
de ses jeux, Mme du Villars pâlissait et cherchait
un prétexte pour l'éloigner.

Un jour, l'enfant refusa de jouer et ses yeux
brillaient d'un éclat inaccoutumé. On le coucha
tout frissonnant de fièvre et le délire se déclara
presqu'aussitôt.

Le médecin, appelé en toute hâte, hocha la
tête avec inquiétude : le mal était grave, mais
avec les enfants il était difficile de rien prévoir !
Cependant il prit Léon à part et lui dit :

— Ou je me trompe fort, ou voici un enfan
bien malade; il faudrait, avec ménagement, pre-
venir Mme du Villars de l'imminence du danger.

Léon s'acquitta de son mieux de cette triste
mission. Lucy s'installa près du berceau de son
fils, veillant jour et nuit avec le dévouement
infatigable d'une mère.

Le petit être avait parfois un pâle sourire et,
de ce regard profond de l'enfant qui va quitter
la terre, on aurait dit qu'il cherchait à deviner
pourquoi sa mère, dont les larmes inondaient
le visage, n'approchait pas les lèvres de son
front brûlant.

— Que t'ai-je fait, semblait-il lui dire, que tu
n'as pour moi ni une caresse ni un baiser? Je
te vois toujours près de moi, me prodiguant
les soins les plus tendres; tu ne prends ni repos
ni sommeil; tu m'aimes; ne sais-tu pas qu'un
de tes baisers me guérirait peut-être?... Ne
m'embrasseras-tu pas avant que je te quitte pour
toujours?

— L'heure de l'expiation a sonné, se disait
Lucy. Je n'avais pas le droit d'être mère et c'est
justice que Dieu me retire cette dernière joie.
Remonte au ciel, pauvre âme qu'un crime a fait
naître, je ne profanerai pas ta pureté en te tou-

chant de mes lèvres impures... Brise-toi, dernier lien qui m'attachait à la terre, et que le vide se creuse dans mon cœur qui n'a pas su aimer.

Seule à côté de ce berceau d'un enfant moribond, Lucy voyait se dresser devant elle tout son passé, ses rêves de jeune fille si vite évanouis, cette maternité coupable suivie d'un amour infâme. Et les heures s'écoulaient lentes et terribles dans ce silence que troublaient seules les plaintes de plus en plus faibles de l'enfant que l'ange de la mort touchait déjà de son aile.

Soudain à ce gémissement régulier, à ce souffle entrecoupé, qui, du moins était encore la vie, succéda le silence.

N'entendant plus rien, Lucy se leva toute droite, et se penchant sur le berceau, effleura de ses lèvres le front de l'enfant. Elle recula terrifiée: ce front était glacé.

Elle avait tenu son serment, car, ce baiser de sa mère, le fils d'Armand ne le reçut qu'au ciel.

M\ume du Villars poussa un cri déchirant, puis tomba évanouie.

. . . .

Par une froide matinée de novembre, on enterra le petit Maurice. Gaston, appuyé sur le bras de Léon, voulut suivre le convoi de son fils; il pleura même... dit-on.

A quelque temps de là, il lui fit élever un superbe tombeau de marbre blanc sur lequel on grava :

« Ci-gît Maurice du Villars, décédé le 21 novembre 1869, à l'âge de 4 ans. »

. . . .

Gaston du Villars, auquel il a manqué 2,500 voix, a renoncé à la députation; — il s'est lancé dans la finance; il est administrateur de plusieurs compagnies.

Lucy, dont les remords se sont assoupis, essaie de remplir, par la charité, le vide qui s'est creusé dans sa vie.

FIN

ÉVREUX, IMPRIMERIE DE CHARLES HÉRISSEY

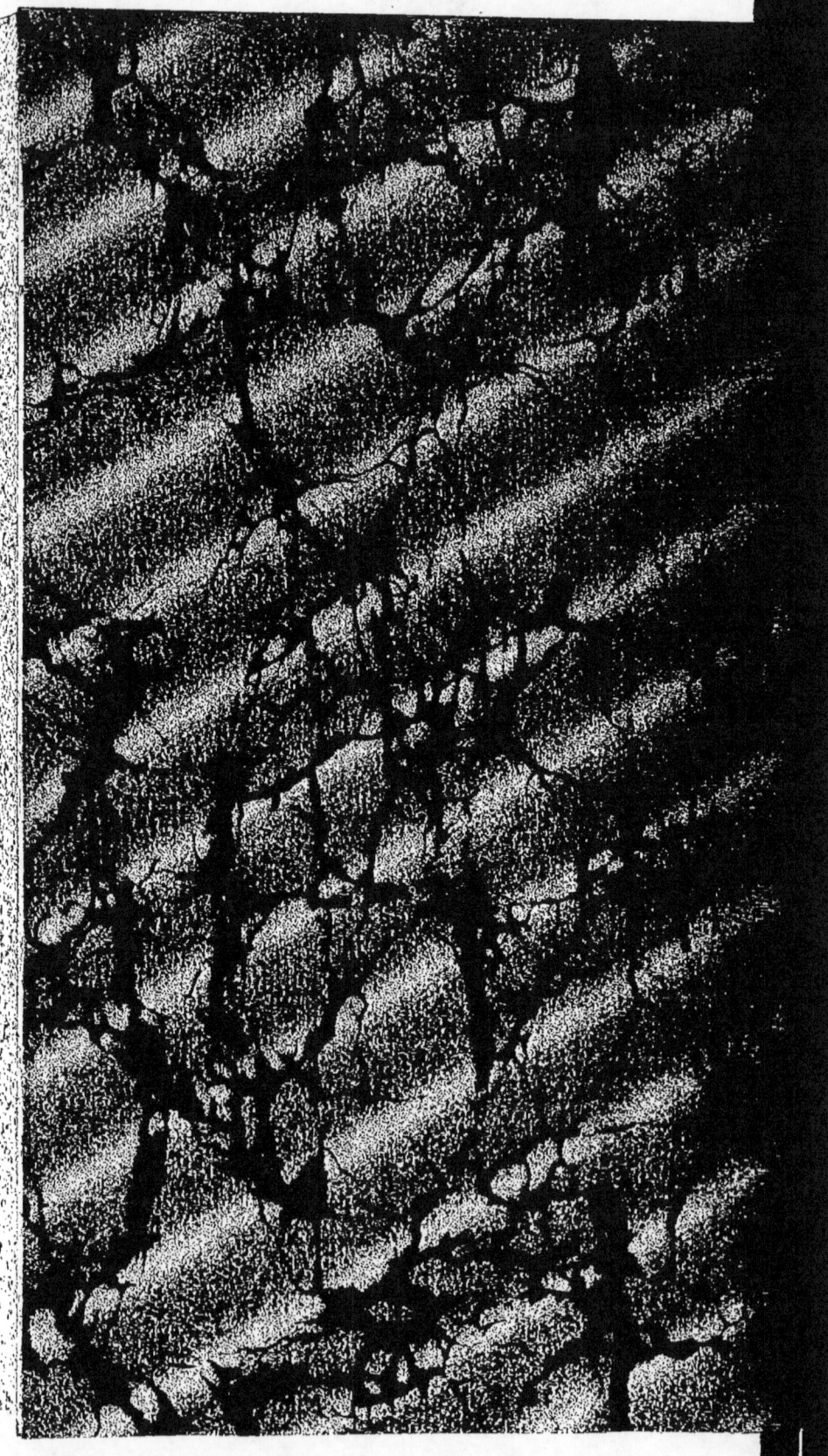

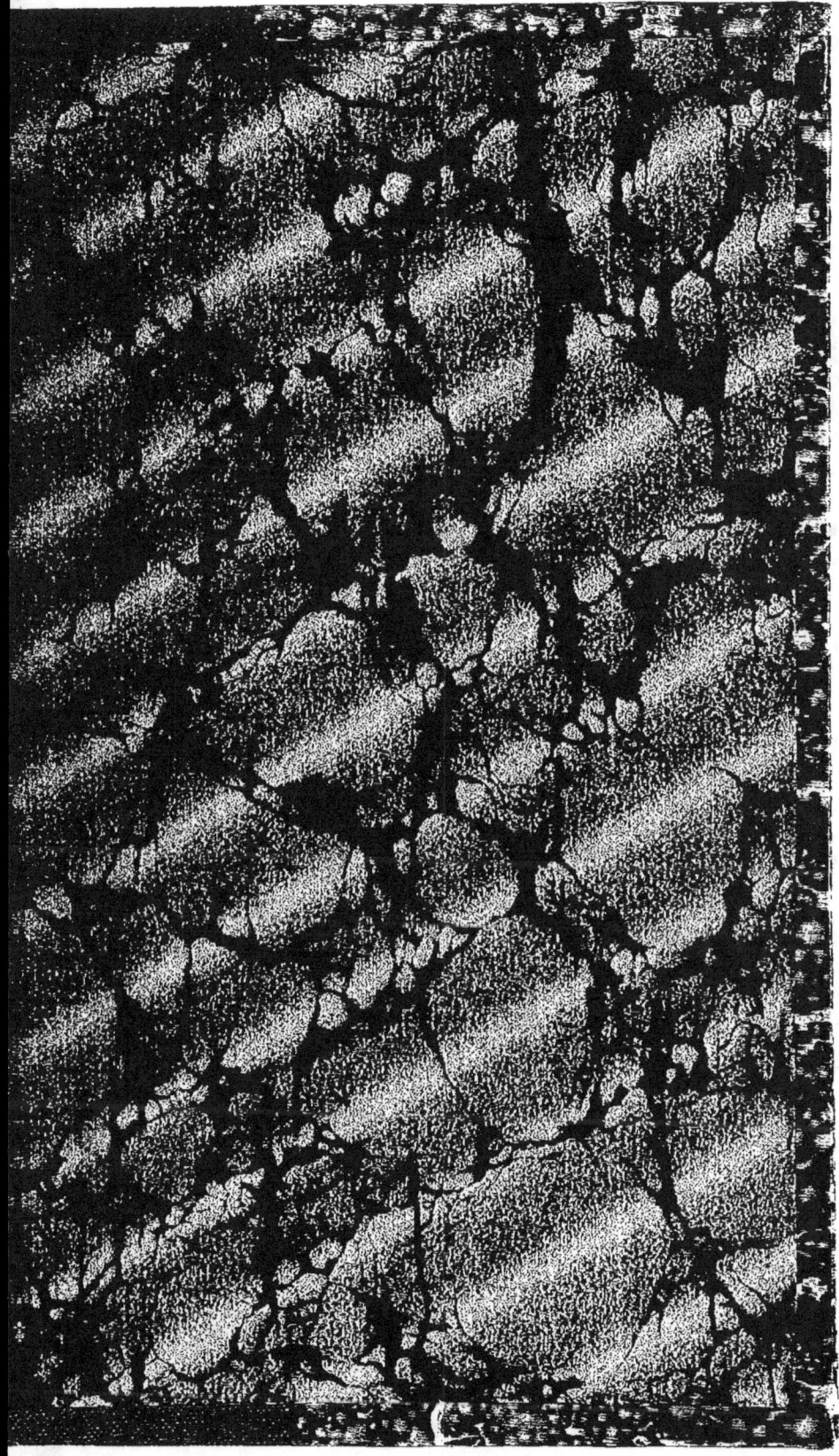